AF671095

Tucholsky Wagner Zola Scott Sydow Fonatne Freud Schlegel
Turgenev Wallace
Twain Walther von der Vogelweide Fouqué Friedrich II. von Preußen
Weber Freiligrath
Kant Ernst Frey
Fechner Fichte Weiße Rose von Fallersleben Richthofen Frommel
Hölderlin
Engels Fielding Eichendorff Tacitus Dumas
Fehrs Faber Flaubert
Eliasberg Ebner Eschenbach
Feuerbach Maximilian I. von Habsburg Fock Eliot Zweig
Ewald Vergil
Goethe Elisabeth von Österreich London
Mendelssohn Balzac Shakespeare Dostojewski Ganghofer
Lichtenberg Rathenau
Trackl Stevenson Doyle Gjellerup
Tolstoi Hambruch
Mommsen Lenz Droste-Hülshoff
Thoma Hanrieder
von Arnim
Dach Verne Hägele Hauff Humboldt
Reuter
Karrillon Rousseau Hagen Hauptmann
Garschin Gautier
Defoe Baudelaire
Damaschke Hebbel
Descartes
Hegel Kussmaul Herder
Wolfram von Eschenbach Schopenhauer
Dickens
Darwin Rilke George
Bronner Melville Grimm Jerome
Bebel
Campe Horváth Aristoteles Proust
Voltaire Federer
Bismarck Vigny Barlach Herodot
Gengenbach Heine
Storm Casanova Tersteegen Grillparzer Georgy
Lessing Gilm
Chamberlain Langbein Gryphius
Brentano
Lafontaine
Strachwitz Claudius Schiller Kralik Iffland Sokrates
Schilling
Katharina II. von Rußland Bellamy
Gerstäcker Raabe Gibbon Tschechow
Löns Hesse Hoffmann Gogol Wilde Vulpius
Gleim
Luther Heym Hofmannsthal Morgenstern
Klee Hölty
Roth Heyse Klopstock Goedicke
Kleist
Luxemburg Puschkin Homer
Mörike
La Roche Horaz Musil
Machiavelli
Kierkegaard Kraft Kraus
Navarra Aurel Musset
Lamprecht Kind Moltke
Nestroy Marie de France Kirchhoff Hugo
Laotse Ipsen Liebknecht
Nietzsche Nansen
Marx Ringelnatz
Lassalle Gorki Klett
von Ossietzky Leibniz
May
vom Stein Lawrence Irving
Petalozzi
Platon Knigge
Pückler Michelangelo Kafka
Sachs Poe Kock
Liebermann
Korolenko
de Sade Praetorius Mistral Zetkin

Der Verlag tredition aus Hamburg veröffentlicht in der Reihe **TREDITION CLASSICS** Werke aus mehr als zwei Jahrtausenden. Diese waren zu einem Großteil vergriffen oder nur noch antiquarisch erhältlich.

Symbolfigur für **TREDITION CLASSICS** ist Johannes Gutenberg (1400 — 1468), der Erfinder des Buchdrucks mit Metalllettern und der Druckerpresse.

Mit der Buchreihe **TREDITION CLASSICS** verfolgt tredition das Ziel, tausende Klassiker der Weltliteratur verschiedener Sprachen wieder als gedruckte Bücher aufzulegen – und das weltweit!

Die Buchreihe dient zur Bewahrung der Literatur und Förderung der Kultur. Sie trägt so dazu bei, dass viele tausend Werke nicht in Vergessenheit geraten.

Die Hexe

Karl Emil Franzos

Impressum

Autor: Karl Emil Franzos
Umschlagkonzept: toepferschumann, Berlin

Verlag: tredition GmbH, Hamburg
ISBN: 978-3-8424-0742-8
Printed in Germany

Text der Originalausgabe

Karl Emil Franzos

Die Hexe

1

... Ich war lange nicht mehr in meiner Heimat gewesen, in Podolien. Ich war nach ausgiebiger Sturm- und Drangzeit an deutsche Hochschulen gekommen und hatte mich da ehrbar deutscher Professorenweisheit beflissen und weniger ehrbar deutscher Studentenlust. Aber über beiden hatte ich nicht der alten, lieben Heimat vergessen, der Stätte meiner Knabenjahre.

Ja, ich dachte ihrer, gern und viel. Ich dachte des ärmlichen Städtchens, in dem ich geboren, und der einsamen Heide, über die ich geschritten, und der stillen, tiefdunklen Weiher, an denen ich geruht. Und vor allem der düsteren Klosterschule, da mir die Patres Dominikaner unter guten Worten und bösen Schlägen das Geheimnis der Buchstaben und Zahlen erschlossen.

Und wenn ich daran dachte, so wurde mir eigen zumute, trüb und heiter zugleich, so recht, recht wehmütig. Dann tauchte wohl auch ein Antlitz vor meinem Blick empor, ein liebes, trotziges Knabenantlitz mit teuren, wohlbekannten Zügen. Die braunen Locken fielen wirr um die Stirne, und die blauen Augen blitzten und die Lippen lachten übermütig:

»Ich habe den Pater Marcellin in seiner Zelle eingeschlossen, und bis zum Abend kommt niemand in den Korridor. Komm... die großen Pflaumen sind reif... der Baum bei der Kapelle!... Hei! wie wird der Dicke klopfen!...«

Ich muß noch heute lächeln...

Wir waren ein sonderbares Paar, Graf Henryk Kornicki und ich. Wir waren die wildesten und übermütigsten Burschen in der Schule und machten dem dicken, schwerfälligen Marcellinus am meisten zu schaffen – das war das Gemeinsame. Sonst waren wir in allem verschieden und insbesondere: er ein Grafensohn und ich ein armer Junge. Aber was fragt die Jugend nach solchen Unterschieden! Henryk Kornicki war mein braver Kamerad. Wir blieben unzertrennlich durch die drei Jahre, da Marcellin über unseren Seelen waltete und leider auch über unseren Ohren. Es war eine heiße, fast törichte Knabenfreundschaft.

Wir hatten uns während der Zeit sehr ins Freie gesehnt – ins freie, offene Leben, in die freie, offene Welt. Aber es war uns doch bitter zumute, als die Abschiedsstunde schlug. Das war an einem Julimorgen – im Klostergarten dufteten die Blumen, die Sonne schien und die Vögel sangen. Wir aber standen unter der Buche im Hofe und weinten bitterlich.

Dann bezog ich ein österreichisches Gymnasium und er ein Genfer Erziehungsinstitut für Söhne des polnischen Adels. Wir hatten natürlich mit heißen Schwüren gelobt, einander recht häufig zu schreiben. Nun – das wäre nichts Merkwürdiges. Aber merkwürdig war, daß wir unser Gelöbnis hielten.

Unsere Briefe sahen einander sehr ähnlich, das kam wohl von der alten Sympathie. Wir fanden beide, daß der Karzer eine schlechte Erfindung sei und daß die Griechen und Römer sehr boshafte Leute gewesen, weil sie in so ausgesucht schwierigen Konstruktionen gedichtet und philosophiert. Und vor allem fanden wir, daß Alter keinen Menschen vor Torheit schütze, auch k. k.-österreichische und Genfer Professoren nicht.

Darauf die Zeit der ersten Liebe. Seine Flamme war eine blonde, sanfte, langweilige Engländerin am Leman, und die meine ein braunes, stolzes, rätselhaftes Mädchen am Pruth. Das war aber auch der einzige Unterschied – sonst waren wir beide gleich töricht, gleich unglücklich und unsere Verse gleich schlecht.

Zwei Jahre später hatte er die hohe Schule des Leichtsinns in Paris bezogen und ich die hohe Schule der Wissenschaft in Deutschland. Von da ab schrieb er seltener – er war so beschäftigt, der arme Junge...

Da erhielt ich plötzlich wieder einmal – es war im August, und zwölf Jahre waren seit jener Abschiedsstunde verflossen – einen Brief von Henryk aus Paris. Er wolle mir einen Antrag machen. Er sei nun volljährig, habe die Verwaltung des Majorats übernommen, und da schreibe man ihm vom Schlosse Gonisko, daß unter vielen anderen Dingen auch die Bibliothek sehr verwahrlost sei. Ob ich nicht das Ordnen übernehmen und für zwei Monate aufs Schloß kommen wolle?... »Du bist ja immer ein Bücherwurm gewesen, und es soll da sehr interessante Manuskripte geben. Und dazu die alte Freundschaft! Ich komme zu gleicher Zeit nach Hause, das heißt, wenn ich abkommen kann...«

Wenn ich abkommen kann! Ob ihn eine Grisette des Jardin Mabille an Paris feßle oder eine Herzogin des zweiten Kaiserreichs - das schrieb Henryk nicht. Nun - ich entschloß mich kurz, ich sagte »Ja« und sandte umgehend die Zusage ab.

Es war ein Sonntagmorgen, da ich von Heidelberg abreiste. Hei! wie fuhr sich's so fröhlich durch die gesegnete deutsche Landschaft - mir war's, als müßte ich immer singen und pfeifen. Aber allmählich wurde ich schon müder und schließlich ganz still.

Am Mittwoch war ich am Bahnhofe von Stanislawow. Mein Herz hatte geklopft, als ich am Morgen aus dem Fenster des Coupés zuerst wieder die weite, weite Ebene erblickte. Was ich da sah, war nicht schön, nicht fruchtbar, nicht reizend, aber - es war die Heimat. Ich hatte mich vorgebeugt und starr hinausgesehen, bis mir der Wind die Tränen in die Augen getrieben.

Oder war es nicht der Wind?...

Am Bahnhof der Kreisstadt Stanislawow war viel Leben. Denn hier hält der Zug um zwölf Uhr, und es wird zu Mittag gespeist.

Ich drängte mich mühsam durch die Halle und trat in den Hof, selbstverständlich unter zahlreicher Gefolgschaft der Herren Lohndiener und Kutscher. Da standen ihre überaus vortrefflichen Wagen, die leider auch überaus schmutzig waren. Doch - schon wollte ich den ersten besten besteigen, als ein auffallender Ton an mein Ohr drang.

Abseits nämlich stand ein Reisewagen mit zwei schönen starken Pferden bespannt. Und vor dem Gefährt ein junger Bauer mit ganz unbeschreiblich dummem Gesicht. Dieser Mensch nun stieß unablässig einige Silben aus, die entfernt wie mein Name klangen.

Ich ging auf den Wagen zu. »Was wollen Sie mit dem?« jammerte hinter mir der hebräische Chorus, »der wartet auf einen Schlachziz.« Aber ich ließ mich nicht irremachen.

»Was rufst du da?« fragte ich den Burschen.

Der sah mich ängstlich forschend an. »Ach!« seufzte er dann, »Sie sind doch nicht der Richtige!«

Ich mußte hell auflachen – das Gesicht war zu komisch. »Vielleicht bin ich's doch?«

»Nein!« versicherte er, »Sie sind's nicht, Sie sind jung.«

»Gut! aber was hast du da gerufen?«

Er wiederholte seinen Ruf – es war unzweifelhaft mein Name. »Ja«, sagte ich, »so heiße ich – du bist von Gonisko?«

»Freilich«, rief er mit freudigem Grinsen. »Also sind Sie's doch?!... Ich warte schon seit dem frühen Morgen.« Er öffnete den Schlag. »O, was für eine Freude ich habe! Wenn ich den gnädigsten Herrn verfehlt hätte, so hätten sie gewiß wieder alle gesagt: dieser Janko ist ein Esel! – So – aber jetzt!...«

Mein Gepäck wurde aufgeladen, wir fuhren aus dem Bahnhof und links von der Stadt ab auf die Heerstraße gegen Osten. Aber mein guter Janko konnte sich noch nicht beruhigen. Er brachte die Pferde in raschen Trab, dann wandte er sich um, setzte sich bequem zurecht, musterte mich aufmerksam, betastete vorher meinen Reisekoffer und schüttelte den Kopf...

Ich mußte wieder lachen: »Was wundert dich, Janko?«

»Hm! daß alles so natürlich ist! Und dann« – er kratzte sich – »der gnädigste Herr haben sich so jung gemacht. Man sieht kein einziges von Ihren grauen Haaren!«

»Wa–as?« machte ich erstaunt, »wer hat dir gesagt, daß ich alt bin?«

»Alle«, versicherte er eifrig. »Alle haben es gesagt – der Josef und die Katherina und der Gregor und der Herr Ökonom auch. Es kann ja auch gar nicht anders sein – bei Ihrem Stande!«

»So – was habe ich denn für einen Stand?«

Janko blinzelte mich mit schlauem, vertraulichem Lächeln an. »O! ich weiß es – wenn der gnädigste Herr lügen wollen, so nützt es nichts!... Wir alle wissen es, der gnädigste Herr sind ein...« Er fuhr wild mit den Armen in der Luft herum und machte dann ein Kreuz.

»Was heißt das? Was bin ich?«

Janko sah mich mit einem durchdringenden Blicke an. »Ein *Hexenmeister* sind Sie – ein Zauberer, das heißt das!«

»Hahaha!« Ich lachte laut auf und zehn Minuten fort. Janko sah mich zuerst verdutzt an, dann stimmte er lustig ein.

»Janko!« fragte sich ihn, als ich wieder sprechen konnte, und wischte mir die Tränen aus den Augen, »Janko, wer hat Euch das erzählt?«

»Niemand!« erwiderte dieser stolz, »so klug sind wir schon selber! Wir wissen, daß die Zaubereien und die Hexenkünste in den Büchern stehen; Sie haben alle Bücher gelesen und kommen jetzt zu uns, um auch die unsrigen zu lesen, die im ›gelben Saal‹. Das hat aber niemand nötig als ein Hexenmeister. Und alle Hexenmeister sind alt, der vor zwanzig Jahren auf dem Schlosse war, war auch alt. Unserem Herrn Ökonom hat er zum Abschied einen Wetterteufel zurückgelassen...«

»Was?«

»Einen Wetterteufel. Man kann ihn nicht sehen: er steckt in einer dicken weißen Milch. Hinaus kann er nicht, dieser dumme Teufel – der Zauberer hat ihn hineingefoppt in eine Glaskugel mit einer Glasröhre dran. – Wenn ihm heiß ist, so streckt er sich aus, wenn ihm kalt ist, so zieht er sich zusammen. Der Herr Ökonom braucht ihn für die Landwirtschaft – ja! Und – also – was ich sagen wollte: alle Hexenmeister sind alt. Sie müssen ein großer sein, denn Sie können sich jung machen.«

»Heilige Einfalt!« seufzte ich.

Aber Janko erwiderte ernst: »Eine solche Heilige kenn' ich nicht. Übrigens halte ich von jeder Heiligen nicht viel. Bleibt doch immer so ein Weibsbild. Da ist mir mein Schutzpatron, der heilige Johannes, ein anderer Kerl – auf den kann man sich verlassen, sag' ich

Ihnen. Der war auch mein Trost, wie ich gehört habe, daß Sie zu uns kommen.«

»Fürchtest du dich denn vor mir?«

»Fürchten?! Nein – ich heiße Johann Podarczuk – ich fürchte mich vor niemand.« Aber gleich wurde er wieder etwas kleinlaut. »Nur mit einem Zauberer, wissen Sie, das ist so ein eigenes Ding. Man weiß nicht, was einem so geschehen kann und – wer kann sich da wehren? Man wird ganz in ein Tier verwandelt oder muß wenigstens bellen wie ein Hund, oder man steht eines Morgens auf und muß seinen Kopf suchen. Alles schon vorgekommen. Kurz – unangenehme Geschichten. Wir waren auch anfangs alle nicht sehr erfreut über Ihre Ankunft...«

»Ja!« bestätigte ich, »ich bin sonst ein gefährlicher Mensch. Aber Euch will ich nichts tun.«

»Ich danke ergebenst«, sagte Janko demütig und zog den Strohhut mit den breiten Bändern tief ab. »Aber wenn auch – jetzt ist's auf jeden Fall gut, daß Sie gekommen sind, wir brauchen Sie sehr, denn gegen eine Hexe hilft nur ein Hexenmeister, und Sie sollen unserem armen Herrn helfen.« Janko seufzte tief auf. »Unser gnädiger Graf Henryk ist verhext.«

»Und wer hat's getan?« fragte ich ebenso melancholisch.

»Die Braune, die Aniula!« Janko wurde entrüstet. »Die kleine Zigeunerin, die Gott verdammen möge. Am Sonntag ist unser Herr gekommen, am Montag hat sie sich an ihn gehängt, und gestern war er schon so verhext, daß es ein Erbarmen war – ich sage Ihnen: ein Erbarmen! Am Ende hat er sie schon heute geheiratet.« Und zornig schlug er auf die Pferde los, die doch sicher an all diesen Schrecklichkeiten unschuldig waren.

Hoho! dachte ich, hat mein Henryk seinen kleinen Grisetten und großen Herzoginnen eine so unkultivierte Nachfolgerin gegeben? Dann fragte ich:

»Wie ist denn das zugegangen?!«

Aber Janko wurde immer entrüsteter.

»Verzeihen Sie, gnädigster Herr, aber erstens wissen Sie als Zauberer ohnehin alles, und zweitens hat sie mir schon gestern gedroht, daß sie mich in einen Esel verwandelt – denken Sie! –, in einen vierbeinigen Esel mit langen Ohren. Vielleicht erfährt sie, was ich jetzt gesprochen habe, und tut's wirklich. Heilige Mutter Gottes – was wird dann meine Xenia sagen?! Sehen Sie, da mag ich am liebsten gar nicht mehr reden!«

»Janko«, schwor ich ihm feierlich zu, »wenn dich die Aniula in einen Esel verwandelt, so gebe ich dir deine Menschengestalt wieder! Du weißt, ich kann das! Und jetzt – erzähle, warum hat sie dir gedroht?«

»Also gut«, sagte Janko. »Aber wirklich nur das eine noch. Also gestern war's, gestern Mittag. Da kommt unser Herr Graf selbst in den Hof hinunter und sie mit ihm. Natürlich – er rührt sich ja nicht, wenn sie nicht mitgeht! Der letzte Bauer würde sich schämen, so mit einer Zigeunerin zu halten, aber er tut es, er, ein Herr Graf, ein Kirchenpatron, ein Gutsbesitzer. Nun – er ist verhext – ich will nichts weiter sagen. Also er ruft mich. ›Janko‹, sagt er, ›du spannst die Rappen vor die Reisekalesche und fährst nach Stanislawow‹, sagt er, ›und fragst dort nach dem gnädigen Herrn.‹ So sagt er, und – verzeihe es mir Gott! – das war auch so ein merkwürdiger Auftrag! Fragen, das ist leicht, aber wer hätte mir antworten sollen?! Die Juden haben Sie nicht gekannt, der Polizist auch nicht, und selbst der gnädige Herr Beamte mit der roten Mütze, zu dem sie mich am Bahnhof geführt haben, hat mir nur erwidert: ›Ein alter Zauberer? meinetwegen! – wenn er kommt, so wird er da sein!‹ Da habe ich beschlossen, Ihren Namen zu rufen und habe ihn fortwährend wiederholt, bis das eiserne Pferd gekommen ist. Richtig hat's genützt! O ich...«

Ich unterbrach die Äußerungen seines Selbstbewußtseins:

»Aber was war's mit der Aniula?!«

»Ach so! Also – wie mir der gnädigste Herr Henryk den Befehl gibt, sag' ich: ›Ganz gut!‹ und gehe auf den Stall zu, an dieser Zigeunerin vorüber. Da ruft sie mich an: ›du Tölpel!‹ – denken Sie, ich ein Tölpel! – ›warum nimmst du nicht den Hut vor mir ab? Wenn du noch einmal so unhöflich bist, so mach' ich einen leibhaftigen Esel aus dir!‹ Denken Sie, ich soll eine Zigeunerin grüßen, ich, ein Christ, ein Österreicher. Also – ich gehe natürlich rüstig weiter. Aber was geschieht nun? ›Henryk‹, ruft diese... (Janko wurde entschieden grob)..., ›Henryk, er muß mich gleich grüßen!‹ Und der gnädige Herr ruft mich zurück und befiehlt: ›Grüße sie!‹ Ich gehorche. ›Noch einmal!‹ ruft sie. ›Noch einmal!‹ wiederholt der Herr Graf, und ich muß es noch einmal tun, und der ganze Hof steht dabei und lacht. ›Zum dritten Male!‹ schreit sie. Da sag' ich aber: ›Allergnädigster Herr Graf, ich bin ja als Kutscher auf dem Hofe angestellt und nicht als Grüßer!‹ und mache ihm eine tiefe Verbeugung und gehe auf den Stall zu. Und diese Hexe?! ›Henryk!‹ schreit sie und zittert nur so vor Wut, ›dieses Hundsblut muß jetzt zur Strafe eine halbe Stunde in der Sonne knien.‹ Und ich« – Janko würgte die Worte nur so heraus – »ich... hab's tun müssen.« Und dabei hieb er so grimmig auf die Pferde los, daß sie wild zu galoppieren begannen und unser Gespräch für lange Zeit unterbrochen war.

Wir fuhren gegen Ost, dann gegen Südost. Das Land war wellenförmig, aber je weiter wir kamen, desto flacher wurde es. Bebaute Felder wechselten mit öder Heide. Dann tauchten auch Weiher auf, immer häufiger, je ebener und unfruchtbarer das Land wurde.

Es war ein schwüler Tag – die Sonne brannte heiß herab. Die Straße war wenig belebt. Ein dicker Pope begegnete uns mit seiner dicken Popadja und zwei kleinen, dicken Buben. Drei elende Pferde schleppten die Britschka mit der heiligen Familie langsam vorwärts.

Dann kamen wir an einer langen Reihe von Frachtwagen vorüber, darauf ward Salz nach Rußland geführt. Die Fuhrleute – es waren Ukrainer, und »Chumaken« nennt sich die Zunft in ihrer Sprache – gingen nebenher und sangen im Chor das wehmütige Lied von der schönen Czariza:

»Sternlein nur und Nachtigallen sahen's,
Wie man sie ertränkt im dunklen Weiher –
Seitdem schluchzen süß die Nachtigallen
Und die Sternlein zittern noch vor Schrecken –«

Die Klänge schwammen weithin durch die heiße, stille Luft.

In einer kleinen, einsamen Feldschenke hielten wir Rast. Der Wirt, ein Jude, wie überall in Podolien, hatte nur wenig Vorräte im Hause: Brot, Eier, Schnaps. Daran sättigten wir uns, so gut es ging, und verschliefen dann im Heu die Zeit der größten Hitze. Wir hätten uns wohl sehr verspätet, wenn uns nicht das Gewieher der Rappen geweckt hätte.

»Es ist ein reines Glück«, sagte Janko freudig, »daß wenigstens zwei von der Gesellschaft wach geworden sind.«

Die Sonne neigte schon stark gegen Westen, als wir wieder ausfuhren; in ihrem Lichte schimmerte weithin die Ebene, das Heideland rötlich gelb, das Getreide golden. Auf den Feldern wurde eben überall die Ernte geschnitten.

»Gott segne die Arbeit!« rief Janko hinüber.

»Gott segne die Reise!« erwiderten die Landleute.

Als die Sonne just wie eine rote Kugel am Rande der Ebene klebte, kamen wir an den drei großen Eichen vorüber, wo der Feldweg gegen Gonisko von der Chorostkower Straße abzweigt. Man nennt sie die Zigeunereichen, weil hier alle Zigeuner anhalten und von hier aus ihre Streifereien unternehmen. Ich ließ halten und trat unter die Bäume, mir war es eigen ums Herz, ich verspürte in den Augen ein seltsames Brennen. Als ich noch ein glücklicher, sorgloser Knabe gewesen, war ich einmal an einem sehr schönen Frühlingsmorgen mit meinem Vater über Land gefahren. Hier in der Nähe war die Achse des Wagens gebrochen, und es hatte sich sehr gut gefügt, daß just Zigeuner eine Feldschmiede unter den Bäumen errichtet und den Schaden ausbessern konnten. Während wir warteten, hatte sich trotz aller Abweisung eine alte Zigeunerin an uns herangedrängt und hatte uns geweissagt. Ich sehe noch ihr braunes, runzliges Hexengesicht und die glühenden Augen. Meinem Vater hatte sie langes Leben versprochen und mir viel Glück. Aber sie hatte gelogen – in beidem...

Aus meinem wehmütigen Sinnen weckten mich schrille, jammernde Kinderstimmen empor: auf der Landstraße von Chorostkow her kam ein Zigeunerkarren gezogen. Kleine, schmutzige, nackte Kinder stürzten zudringlich auf mich zu und schrien und jammerten, wie es schon die Art ist dieser kleinen braunen Insekten. Ich warf ihnen einige Kupferstücke zu und rettete mich in den Wagen. Nur auf die beiden Männer, die als Zugpferde vor dem Karren einherschritten, warf ich noch einen flüchtigen Blick. Ein Greis mit zerwühltem, verwitterten Antlitz, spärlichen, wirren Haaren und stechenden Äuglein, und neben ihm ein Jüngling, stolz, stark, schlank, elastisch, ein keckes Schnurrbärtchen im rosigen Antlitz, der hübscheste Zigeunerbursche, der je vor einem Karren gekeucht oder Pferde gestohlen.

Sie machten halt unter den Eichen; als ich nach einer Weile zurückblickte, war bereits die Decke des Wagens gelüftet. Vor mir aber erhob sich, vom Widerschein der Abendröte angeglüht, das weiße Gemäuer des Schlosses Gonisko. Es schien kaum eine Viertelstunde entfernt.

»Die Ebene lügt«, sagte Janko, »es sind noch anderthalb Meilen...«

2

... Es war schon Nacht, als wir endlich vor dem Schlosse hielten, einem großen, weißen Hause im Kasernenstil, vor etwa zwanzig Jahren erbaut, nachdem das alte Schloß niedergebrannt. Fedor, der Kammerdiener, auch eine alte Bekanntschaft, öffnete mir den Schlag, im erleuchteten Hausflur aber kam mir Henryk entgegen und wir lagen einander wortlos in den Armen, wie einst unter der Buche - zwei gute, treue Kameraden, als wären die langen zwölf Jahre ein Tag gewesen.

Unsere Augen waren feucht geworden.

»Mensch!« rief Henryk fröhlich, »du siehst aus wie der leibhaftige Marcellinus!«

Aber leider konnte ich ihm nicht so Erfreuliches sagen. Ach! was hatten diese Grisetten und Herzoginnen aus meinem Henryk gemacht! Die Gestalt schlank, aber die Haltung schlaff, die einst so hellen Augen müde und verschleiert, das schöne braune Haar gelichtet..

Er erriet meine Gedanken.

»Lieber Junge«, rief er mit komischem Entsetzen, »du hast doch nicht etwas Moraltheologie oder Kanzelberedsamkeit studiert?! Nur jetzt keine...«

»Predigten«, hatte er wohl sagen wollen. Aber -

»Henryk! Henryk!« klang eine silberhelle Stimme aus dem ersten Stockwerk - fast wie Vogelgezwitscher, »willst du gleich kommen?! Du unausstehlicher Henryk! laß den dummen alten Zauberer, komm!«

Henryk lachte wie toll, und selbst der dumme alte Zauberer mußte lächeln.

»Henryk!« klang es noch einmal. »Aniula langweilt sich, und kommst du nicht zu ihr, so...« Und schnell wie ein Gedanke hüpfte ein leichter Schritt die Treppe hinab, und ein wundersames Wesen lag in Henryks Armen und sah mich an mit großen, glänzenden, erstaunten Augen.

Ein wundersames Wesen – es irrlichtert noch heute vor meinen Augen... Schön wie die Sünde und lasterhaft, toll, sinneberückend wie diese – die schönste Teufelin, die je über diese dunkle Erde gegangen und armen Menschenkindern den Kopf verdreht, eine böse Fee. Wie soll ich sie nur beschreiben? Denkt euch, der größte Maler aller Zeiten hätte als sein wundervollstes Bild die Sinnlichkeit gemalt und in seinen Tinten all' die süße, wilde, jähe Lust zusammengebraut, die nur je in Menschenadern gekocht, und dieses Bild sei plötzlich aus dem Rahmen gesprungen und zucke nun vor euren Augen hin und her... Oder denkt euch, eine flackernde, lodernde Flamme habe plötzlich Fleisch und Blut bekommen und sich in eine Mädchengestalt gewandelt, aber dennoch sehe man ganz deutlich die Flamme und das Lodern und das Flackern... Aber das taugt ja doch alles nichts! Also kurz: es war ein wunderschönes Zigeunermädchen von fünfzehn Jahren.

Janko, der eben mein Gepäck vorübertrug, blinzelte mich fragend an, als wollte er sagen: »Nun – he? – *ist* das eine Hexe?« Ach! der Mensch war gar nicht so dumm als er aussah! – das war wirklich eine Hexe, und noch dazu der allergefährlichsten eine. Ich spürte das an mir selbst, und mein Henryk – der stak vollends bis über die Ohren im bösen Zauber. Das sah ich an der wilden Glut, mit der er die Braune in seinen Armen auffing und an sich preßte.

Sie wandte den Kopf und sah mich einen Augenblick an – ihr Blick zischte nur so in den meinen. Dann riß sie sich von Henryk los, tanzte einmal, zweimal, dreimal um mich herum, daß es mir zu schwindeln begann, und schrie und lachte wie besessen:

»Hahaha! das will ein Zauberer sein!... hahaha! dick! rot! jung!... hahaha! das ist zu dumm, ich muß dich für deine Dummheit küssen.«

Und jäh sprang sie mich an und küßte mich auf die Lippen, daß es mich glühendheiß überlief. Ich wollte sie halten und – schwups! brannte ihre Hand auf meiner Wange, so fest, daß es mir vor den Augen flimmerte. Und in gleichem Atemzuge hatte Henryk auch seinen Backenstreich und ein Dutzend Küsse auf den Mund dazu, wilde, lange, gierige Küsse, wie ein Vampir Blut trinkt. Und dann fühlte ich plötzlich wieder ihre Lippen auf den meinen und dabei meine beiden Ohren, an denen sie sich festhielt, schmerzhaft zusammengepreßt in ihren kleinen braunen Fäusten. Und husch – fort war sie und lachte vom Treppenabsatz neckisch auf uns herab. Und wir großen, vernünftigen Menschen rannten wie besessen hinter ihr her – die Treppe empor und durch den Korridor, bis wir atemlos in einem kleinen Salon hielten.

Da hockte sie schon in der Mitte auf einem Teppich, auf dem eine Menge halbverwelkter Feldblumen lag.

»Hört ihr«, empfing sie uns, mit dem Stolz und der Würde einer Prinzessin, »ihr setzt euch jeder in einen Winkel auf die Erde; du, Henryk, dorthin und du, Zauberer, neben den Balkon. Augenblicklich!...«

Und wir?

Nun – wir lachten laut, aber – wir gehorchten, gehorchten wie die Schuljungen und hockten jeder in die angewiesene Ecke hin. Es war komisch, täppisch, unmännlich, aber – wir mußten's tun. Ich weiß selbst nicht – warum? Ich wußt' es damals nicht und weiß es heute noch weniger.

Die Hexe schien sich nun nicht weiter um uns zu bekümmern. Sie sah uns an und nickte befriedigt, musterte dann die Verwüstung im Salon und nickte nochmals. Und dann begann sie plötzlich leise zu singen und wand dabei aus den Blumen einen Kranz.

Ich weiß nicht, wie wir aussahen, aber mit dem, was sie aus dem Salon gemacht, konnte dieses wunderschöne, nichtsnutzige Ding wirklich zufrieden sein. Da sah's gerade so aus, als wären unsere alten Feinde, die Tataren, wieder einmal nach Podolien gekommen und hätten just hier acht Tage lang gehaust. Der eine Spiegel war zerbrochen, und über den anderen hing ein mitten durchgerissenes Damasttuch – »ich weiß ja ohne das Glas, daß ich schön bin«, lachte die Teufelin. Das Madonnenbild, eine schöne Kopie der Sixtina, hatte einen Zwickelbart von Kohle, hingegen trug der heilige Joseph gegenüber eine Haube. Die Sessel lagen am Boden oder hinkten auf drei Beinen, ein Tischchen mit wunderschöner, eingelegter Arbeit war auf das Mutwilligste zerhackt, und aus den Kissen des Sofas quoll das Roßhaar hervor. Und die Balkontüre neben mir hatte lauter zerbrochene Scheiben.

Ich fragte demütig um den Grund.

»Weil das Türöffnen langweilig ist«, erwiderte sie lachend. »Frische Luft – ich will immer frische Luft. Übrigens – still, Zauberer! Sei artig, dann darfst du herkommen. Du auch, Henryk! – hieher!« Wir setzten uns neben sie. Und nun spielte sie eine Weile mit unseren Köpfen, wie sie mit den Blumen gespielt. Jetzt küßte sie Henryk und schlug mich, dann bewarf sie mich mit Blumen und brannte jenen mit Nesseln. Man konnte sich kaum etwas Wilderes, Schöneres, Abscheulicheres denken. Dann sprang sie plötzlich auf und begann im Zimmer umherzutanzen. Bei jedem Schritte richtete sie irgend ein kleines Unheil an. Der schönen Kosciuszkobüste in der einen Ecke hieb sie den Kopf ab – »weil ich keinen alten Herrn leiden kann«. Und gewiß hätte auch den Mickiewicz in der anderen Ecke dasselbe Schicksal erreicht. Schon holte sie zum Schlage aus, da ermannte ich mich und trat dazwischen:

»Halt! den rührst du nicht an!«

»Warum, Zauberer?!« blitzte sie mich an.

»Weil der selbst einer der größten Zauberer ist«, erwiderte ich furchtbar ernst. Und log ich denn – bezaubert Adam Mickiewicz nicht in der Tat jeden, der ihn kennt?! »Wenn du den anrührst, so wirst du augenblicklich eine Katze!«

Sie lachte toll auf – diese Aussicht schien ihr außerordentlich ergötzlich.

»Miau! Miau!« machte sie wie ein junges Kätzchen und fuhr sich mit den Pfötchen anmutig über das Gesicht und wand sich, beängstigend nahe, an mich heran. »Miau! Miau!...« mir bangte um mein glattes Gesicht.

Da, horch! ein wahrhaftiger schriller Katzenschrei aus dem Garten. »Miau! Miau!« erklang es laut und gellend in langgezogenen Tönen, wie ein verstärktes, mißtöniges Echo.

Aniula ließ die Arme sinken und taumelte förmlich zurück. Sie war sehr blaß geworden, ihre Glieder bebten, sie warf aus halbgeschlossenen Augen einen Seitenblick nach dem Fenster und sah uns dann scheu und furchtsam an.

Die Veränderung war so sichtlich, daß sie selbst dem liebeblinden Henryk auffiel.

»Was hast du nur?« fragte er zärtlich.

»Miau! Miau!« erklang es noch einmal gellend. Und mit kühnem Satze sprang durch die zerbrochene Scheibe ein großer schwarzer Kater auf den Teppich und blickte uns an, rauchend, hochgebuckelt, mit gesträubtem Schwanze.

»Heisa!« Die Braune machte einen Luftsprung; ihre Augen leuchteten wild auf »Heisa! - du bist's! Na - warte!« Sie stürzte auf das Tier zu. »Gestern hab' ich dir den Schwanz eingeklemmt, heut reiß' ich dir den Kopf ab. Komm nur - liebes, liebes Tierchen, du süßes Herzchen, komm!« Aber das schwarze häßliche Tier zeigte keine Lust dazu. Im Gegenteil - mit einem Satze war es am Fenster und verschwand in die Nacht.

»Ihr holt mir das Tier!« Ihre Augen flammten, sie streckte die Hand gebieterisch gegen uns. »Und wenn ihr die ganze Nacht suchen müßt! Auf! - gleich! - ich will's. Durchsucht den Garten! hei! - den Kater her.«

Und Henryk, der stolze Henryk, Henryk Graf Kornicki wollte sich schon erheben und ich - hm! - ich auch! Aber Aniula wurde nachdenklich und warf wieder einen sonderbaren, scheuen Seitenblick hinaus.

»Nein! - ich - ich bin müde.« Und plötzlich saß sie auf Henryks Knie und legte das Köpfchen an seine Brust und schloß die Augen und zwitscherte so leise zwischen den schwellenden, halbgeöffneten Lippen hervor: »Aniula ist so müde. Aniula will schlafen... Der Henryk wird jetzt gehen!« Sie sprach immer langsamer, sie schien in seinen Armen einzuschlafen. »Geh - wenn ich dich - wieder küssen will - so werd' ich - dich - rufen.«

»Laß uns noch eine Weile bei dir bleiben«, bat er und drückte sie wild an sich.

Ihre Zähne schimmerten - oh! - wie sie lächelte, so sanft, so süß! Aber sie erwiderte nichts mehr, in sanften, gleichmäßigen Atemzügen hob und senkte sich der junge Busen. Er ließ sie vorsichtig aus seinen Armen gleiten und gab mir einen Wink - wir schlichen leise hinaus. Als wir wieder auf dem Korridor standen, da atmeten wir tief auf, als erwachten wir aus einem Traume.

Er fuhr sich über die Stirne.

»Es ist eigentlich gut, daß sie uns fortgejagt hat. Ich hätte sonst ganz vergessen, daß du hungrig und müde bist. Komm – unser Souper wird kalt geworden sein!«

Und er führte mich in den anderen Flügel, in einen kleinen Salon desselben Stockwerks, wo wirklich Fedor neben einem gedeckten Tische auf uns wartete.

Wir sprachen zuerst wenig – so einiges von unseren Schicksalen. Aber es war kein rechtes Leben in der Unterhaltung, wir dachten ja doch immer an etwas anderes. Nach dem Speisen aber, als die Zigarren glühten und der Champagner in den spitzen Glaskelchen schäumte und wir noch einmal anklangen auf die alte, ewig neue Freundschaft, da begann ich ernst:

»Und eben, weil ich dein Freund bin – Mensch, was hast du dir da für eine Bescherung ins Haus gesetzt?«

Er zuckte zuerst die Achseln und lachte halblaut, so recht frivol. Dann aber wurde auch er sehr ernst.

»Was willst du? Sie ist mein größtes Glück und meine größte Plage! Aber ich kann ohne das Glück nicht mehr leben, absolut nicht, eher ohne Luft. Also muß ich auch die Plage geduldig ertragen!« Aber trotz dieser Philosophie seufzte er doch tief auf.

»Aber du kennst sie ja kaum!«

»O – seit drei Tagen schon. Da reite ich Montag frühmorgens aus – mein Fedor, das gute alte Weib, warnt vor dem unglücklichen Tag, aber ich lache ihn aus und sprenge so mit verhängten Zügeln ins Land hinein – gegen Chorostkow zu. Die Sonne scheint und die Vögel singen und die Luft geht frisch – ein prächtiger Sommermorgen, für mich fast eine große, wunderbare Neuigkeit – in Paris vergißt man ja, daß jeder Tag auch einen Morgen hat. Und dabei geht es mir auch durchs Herz, wie lange ich fortgeblieben bin, und ich erinnere mich der Kindheit, und auch an dich hab' ich dabei gedacht – auf Ehre! – auch an dich! Kurz – ich bin so ein bißchen wehmütig und doch sehr lustig, so recht in der Stimmung, daß mich nichts überrascht und nichts langweilt. So komme ich zu den Zigeunereichen und sieh! da liegt das schöne braune Ding im Grase und schläft im Schatten, und die Sonnenstrahlen huschen ihm so leise um Brust und Antlitz. Ich reite nahe heran – sie erwacht nicht oder vielleicht – sie will nicht erwachen. Ich springe vom Pferde und beuge mich über sie, sie schläft fort. Ich breche einen Grashalm und fahre ihr damit um Mund und Nase. Da beginnt das Gesicht zu zucken, und plötzlich fährt sie auf und lacht toll drauf los – freilich war sie schon früher wach, die Schelmin! Und dabei streicht sie sich die Haare zurück und blinzelt mich an.

›Was tust du da?‹ frag' ich.

›Was? – übernachtet hab' ich.‹

›Hier?‹

›Natürlich!‹ Und mit einer Miene, als würde sie mich in ihrem Palast empfangen, sagt sie weiter: ›Hier ist meine Wohnung!‹

›Immer?‹

›Ach! immer!... gestern – heute – vielleicht morgen!‹

›So, und wovon lebst du?‹

›Gestern hab' ich mit meiner Bande gegessen, und heute‹ – sie legt das Köpfchen auf die Achsel und blickt mir von unten herauf in die Augen und streckt die hübsche, schrecklich schmutzige Hand aus – ›heute schenkst du mir was, schöner Panicz (Jungherr)!‹ – Ich ziehe meine Börse hervor – ihre Augen glühen vor Freude und Habgier – und schenke ihr einen Zwanziger. – ›Noch einen!‹ bettelt sie – ich geb' ihn.

›Wo ist denn heute deine Bande?‹

›Das weiß ich nicht‹, erwidert sie gleichgültig, ›wahrscheinlich dort in der Stadt.‹

›Warum bist du allein fort?‹ frag' ich.

›Ich hab's ja nicht gewollt‹, erwiderte sie, ›ich hab' mich so verloren – ich weiß selbst nicht wie – in Biala. Die anderen haben im Dorf gearbeitet, aber ich war zu faul und bin ins Getreide gegangen und bin da eingeschlafen. Und wie ich erwache, ist schon Dämmerung, und wie ich ins Dorf komme – hei! fort sind sie – wer weiß wohin?! Da bin ich hierher gegangen – über die Felder – im Mondschein. Hierher kommen sie gewiß – heute noch.‹

›Wer sind denn die anderen?‹ frag' ich weiter

›Wer? – der alte Andrasch und sein Weib, die Marinka, und dann ist noch ein Bursch dabei, der Josel, und dann die Kinder.‹

›Und wovon lebt ihr?‹

›Von den Bauern‹, erwidert sie. Ich muß laut lachen, dann sag' ich:

›Gut – aber wofür gebens euch denn die Bauern?‹

›Wofür?! Sie müssen ja – die Tölpel!‹ Sie sieht mich trotzig an. ›Sie sollen's nur versuchen und nicht geben! Übrigens – wir arbeiten ja auch in den Dörfern.‹

›So – auf dem Felde?‹

›Ach – was!‹ Sie zuckt verächtlich die Achseln. ›Dazu sind ja diese Bauern da! Nein – wir arbeiten in unserer Art – zigeunerisch.‹

›Das mag eine saubere Arbeit sein‹, lachte ich. ›Ihr stehlet alle!‹

›Nicht alle!‹ erwidert sie ganz gleichmütig. ›Nur der Josel stiehlt. Oh! er ist sehr geschickt! Aber der Andrasch, der ist ein Schmied, der beschlägt die Pferde und bessert die Pflüge, die Kessel und die Sensen aus, die Marinka, die wahrsagt und verkauft, was der Josel gestohlen hat, die Kinder betteln und ich –‹

›Und du?‹

›Nun, ich tanze vor den Gutsherren oder in der Schenke – das heißt, wenn reiche Bauern da sind. Wahrsagen kann ich aber auch –‹

›Und stehlen auch‹, falle ich ein.

›Ja!‹ – ganz ernst! – ›stehlen und dann verkaufe ich auch Liebestränke und Hexenmittel, denn ich kann sehr gut hexen‹, schließt sie sehr selbstbewußt.

›Nun, dann behexe einmal mich!‹

›Meinetwegen‹, sagt sie und reißt mir drei Haare aus und spricht allerlei dummes Zeug über sie und verbirgt sie dann an ihrem Busen. Aber – der Hokuspokus war gar nicht notwendig – ich versichere dich, behext bin ich schon von Anfang an gewesen. Und darum bitt' ich sie: ›Komm aufs Schloß!‹ und sie weigert sich nicht, und ich nehme sie vor mich aufs Pferd und wir sprengen gegen Gonisko. Rechts und links bleiben die Leute stehen und sehen uns starr nach, wie - weißt du - wie das neugierige Weib jenes alten Juden in der Bibel. Vor dem Tore aber befiehlt sie mir abzusteigen, und sie bleibt majestätisch oben, und richtig muß ich die Zügel ergreifen und sie wie ein Diener in den Schloßhof führen, wie so ein Page aus dem Mittelalter. Du - das Gesicht meiner Leute - unbeschreiblich! Das war der Anfang.«

»Recht heiter«, sagte ich. »Wie aber wird das Ende sein?«

»Ich weiß es nicht«, erwiderte er leise. »Sie hat schon heute gesagt: ›Die Mauern drücken mir auf die Brust!‹ Wenn sie heimlich entwiche... Aber«, schrie er dann plötzlich auf, »sie darf nicht fort, sie darf nicht - ich werde sonst wahnsinnig... So hab' ich noch kein Weib geliebt - ich bin ja toll vor Liebe.«

»Vor Begierde«, verbesserte ich. »Derlei Liebe zu nennen, wäre Sünde.«

»O du kluger, kluger Philosoph!... Aber gleichviel - ich *muß* sie halten! Gibt es kein anderes Mittel, so heirate ich sie.«

»Henryk!« rief ich wahrhaft erschreckt - »du faselst - dieses Geschöpf...«

Er lachte bitter.

»Ja - so seid ihr alle... alle! Bierphilister, trotz der Lieder und der Narrenmützen! Wenn in einer Novelle ein König mit einer Hirtin zusammengekuppelt wird, so klatscht ihr Beifall - 's ist ja romantisch, 's ist ja demokratisch! Aber im Leben - ja, Bauer, das ist etwas anderes! O wie -«

»Henryk -«

»Laß mich - hör mich an. Ich gebe dir mein Ehrenwort als Mann, als Pole, als Kavalier: Ich bin entschlossen, sie zu heiraten. Ich nehme sie mit nach Paris, da entläuft sie mir nicht...«

»Mensch!« beschwor ich ihn. »Das wäre ja Selbstmord. Mißversteh mich nicht. Heirate meinetwegen eine Bettlerin - doch deiner Achtung muß sie wert sein. Aber dieses Geschöpf, welches jeden gleich küßt, dieses Geschöpf, an dem nichts ist als das bißchen Glut und Schönheit, dieses Geschöpf, welches eigentlich...«

Er sah mich spöttisch lächelnd an, ich stockte.

»Nun - welches eigentlich?«

»Welches dir gewiß nur zu deinem Unheil in den Weg gelaufen ist«, lenkte ich ab. Ich weiß nicht - sein Blick genierte mich.

»Da kannst du Recht haben«, bestätigte er. »Aber im übrigen?! - warum hast du, du überaus kühler, überaus vernünftiger Mensch, auf einen Wink ihrer Augen tausend Narrheiten getan? Oder gehört es sonst zu den Gewohnheiten junger deutscher Gelehrter, auf der Erde zu hocken, sich ohrfeigen zu lassen und schwarze Kater zu fangen?! Ei - so antworte doch, mein Lieber, warum? Ich«, fügte er fast grausam hinzu, »habe doch wenigstens zur Plage das Glück...«

»Ich beneide dich nicht«, erwiderte ich lächelnd. Aber ich mußte mich mühsam zu diesem Lächeln zwingen. Ich log - ich beneidete ihn ganz entsetzlich.

Er war offenherziger.

»Ich aber beneide dich«, brach er los. »Ich beneide dich um jeden Blick, um jeden Kuß - hörst du? - ich beneide dich um jeden Schlag von ihrer Hand...«

Ich erwiderte nichts. Dieser Mensch war mir ein Rätsel, ich war mir ein Rätsel - mir wirbelte das Hirn...

In ihm mochte ähnliches vorgehen; er schwieg und vermied es, mich anzusehen.

»Aber - beim allerschwärzesten Höllenhund!« brach ich endlich los, »beim allerschwärzesten Höllenhund, wie unser Marcellinus zu sagen pflegte - wir sind ja die größten Narren unter dem Monde - reif für die Zwangsjacke! Nach zwölf Jahren treffen wir zusammen, und das sind unsere Gespräche, das unsere Freundschaft! Und das alles um eine Zigeunerin! Wir sind ja behext!«

Ich sprach sehr laut, um mir selber Mut zu machen, und besonders das Nachfolgende schrie ich förmlich, denn ich glaubte es selbst nicht.

»Henryk - umsonst sollst du mich nicht zum Hexenmeister ernannt haben - ich versichere dich! - umsonst nicht! Ich kuriere dich und mich! Wir sind närrisch, wir wissen, daß wir närrisch sind und sollten's dennoch auf die Dauer bleiben?! Ich bitte dich – das ist ja unmöglich!«

»Wir wollen sehen«, sagte Henryk mit trübem Lächeln und drückte mir die Hand.

»Gute Nacht, Henryk!«

»Gute Nacht, Georg!«

3

Fedor, der Kammerdiener, geleitete mich in mein Zimmer im Erdgeschoß, neben der Bibliothek. Die Fenster waren geöffnet, aber es kam keine Kühlung herein, die Nacht war sehr schwül.

Das Zimmer war in Ordnung. Aber dennoch blieb Fedor, nachdem er die Wachskerzen angezündet, neben dem Tische stehen.

»Herr Georg«, sagte der alte, treue Mensch und sah mich bittend an, »Sie sind ja unser bester, ältester Freund! Herr Georg - was denken Sie - wie machen wir dieser verdammten Geschichte ein Ende?!«

Ich zuckte die Achseln. Was sollte ich sagen?!

»So kann es nicht fortgehen - das ist ja eine tatarische Wirtschaft!« Er schlug die Hände über dem Kopfe zusammen. »Das ganze Haus geht zugrunde, alles zerbrochen und zerschlagen - aber daran liegt weiter nichts - wir sind ja reich. Aber *wir* selbst gehen zugrunde - wir heiraten sie. Denken Sie - *wir* eine Zigeunerin!... Dieses Unglück, diese Schande!... Ich flehe Sie an, Herr Georg, wissen Sie keinen Rat?«

Er war in großer Aufregung - ich suchte ihn zu trösten.

»Mein Gott!« sagte ich, »du kennst ja den Henryk! Er ist leichtsinnig und liebt die Abwechslung. Er ist gewiß nicht zum ersten Male verliebt.«

»Gewiß!« sagte Fedor - »vielleicht zum fünfzigsten Male. Aber ich versichere Sie, wir haben bisher die Liebe noch nie in einem solchen Grade bekommen wie jetzt. Darum kommen wir auch diesmal nicht selber los - man muß uns losmachen. Ja, ja - ich versichere Sie. Freilich - in Paris, da haben wir uns ganz anders benommen als jetzt. Da haben wir zum Beispiel ein Verhältnis mit einer Engländerin gehabt, mit einer gewissen ›Lady‹. Ein ganz ernsthaftes Verhältnis. Wunderschön war sie, Milch und Blut - gut wie ein Engel -, ich sag' Ihnen, ganz Paris hat uns beneidet. Und wie sie in uns verliebt war, wie feurig!« Der alte Mann schneuzte sich wehmütig.

»Aber die haben wir sitzenlassen, die arme Frau Lady – nach drei Monaten schon. Wir empfehlen uns recht schön und packen die Koffer und fahren nach Ostende, und aus ist's... Oder da haben wir auch einmal mit einer Spanierin angebandelt, die hat Señora geheißen. Auch eine vornehme Person, auch wunderschön, auch gut wie ein Engel – nur so zwanzig Franken für jeden Brief, den ich ihr gebracht habe... Und Augen hat die Ihnen gehabt, Augen – es ist nicht zu beschreiben, wenn man sie nur so von weitem gesehen hat, so war man schon verbrannt. Nun – verbrannt haben wir uns natürlich auch und sind sogar mit ihr fort auf ein Schloß in den Pyrenäen – so heißen nämlich Berge auf spanisch – und haben dort einen ganzen Frühling über gelebt wie die Tauben. Aber dann fangen wir an, versteckt zu gähnen, und zanken uns ein wenig, und dann gähnen wir laut und zanken uns sehr, und eines Tages sind wir fort – husch – wieder nach Paris... Keine Spur vom Heiraten, kein Gedanke nicht! Da kommt einige Tage darauf ein gelber, magerer, schwarzlockiger Mensch zu uns – das war der Bruder von dem Fräulein Señora, und hat darum Señor geheißen, der kommt zu uns und verlangt, daß wir seine Schwester heiraten sollen und schreit viel von Ehre und vom Erschießen. ›Nur still sein‹, sagen wir ihm, ›Ehre haben wir auch‹, und schießen uns mit ihm und schießen ihm richtig das rechte Knie entzwei und er uns den linken Oberarm. Aber in drei Monaten sind wir doch wieder frisch und gesund und frei wie der Vogel in der Luft, und verlieben uns gleich in eine Marquise, eine echte Französin, und...«

Ich unterbrach den Redestrom dieses guten alten Leporello.

»Du hast Recht«, sagte ich, »in Paris scheint das anders gewesen zu sein. Und weißt du warum? Weil das Weiber waren, die ihn gehätschelt haben. Da scheint Henryk sich so nach ein wenig Qual gesehnt zu haben...«

Aber Fedor schüttelte den Kopf

»Qual?! – auch das haben wir in Paris gehabt. Sogar eine halbwegs ähnliche Geschichte. Da bringen wir uns einmal vorn Maskenballe eine kleine Blondine nach Hause – Nini hat sie geheißen. Die bleibt acht Tage bei uns, und ich versichere Sie, die hat es auch verstanden, Gläser zu zerschlagen und Bediente zu prügeln. Na – und ob! Immer singen, immer Champagner trinken – Tag und

Nacht – das waren so ihre Leidenschaften. Das Teeservice von unserer Frau Mutter hat sie auch zerschlagen. Aber das Ende?! Eine Woche lassen wir's uns gefallen, dann geben wir ihr eine Rolle Gold – hinaus mit ihr! Aber«, schloß er seufzend, »so eine Freude erleb' ich an der Braunen nicht.«

»Wer weiß?!«

»*Ich* weiß es! O Herr Georg, mit der ist es eine besondere Geschichte! Sehen Sie – ich glaube sonst nicht an Hexereien oder dergleichen – ich bitte Sie, ich bin ja in Paris gewesen – ich spreche ja Französisch! Aber das *ist* eine Hexe! Und da meine ich – Sie sind kein Zauberer – natürlich! – Unsinn das! – aber ich meine – sehen Sie, die Leute sagen... – kurz: wissen Sie kein Mittel?«

»Nein, Fedor – leider nicht.«

»Schade! – Aber wissen Sie«, fuhr er vertraulich fort und trat näher an mich heran, »eigentlich hätte ich schon einen Plan. Wir warten eine passende Nacht ab – je eher, desto besser – und dann spannt der Janko ein – wissen Sie, er ist sehr dumm, aber sehr treu – und ich und der Gregor, ein sehr verläßlicher Mensch, ein gedienter Soldat, wir binden die Hexe und werfen sie auf den Wagen und dann fort mit ihr, zehn Meilen weit, und dann in den ersten besten Straßengraben hinein. Vielleicht – wissen Sie! – in die Berge, so gegen Kolomea hin oder tiefer ins Flachland, an die Grenze, gegen Bessarabien zu – – warum schütteln Sie den Kopf, Herr Georg?«

»Weil der Plan nichts taugt. Denn weißt du, was dann geschieht? Zuerst läßt Henryk euch alle drei totprügeln, und wer sich etwa doch noch rühren kann, wird vom Hofe gejagt. Und das zweite? Das zweite ist, daß er dann so lange hinter der Braunen herläuft, bis der Teufel sie ihm doch wieder zuführt. Und das wird der Teufel tun, mein lieber Fedor, in derlei Dingen kann man sich leider immer auf den Teufel verlassen.«

Der Alte sah mich ängstlich an.

»Es könnte so sein«, sagte er zögernd und verstummte. Auf seinem verwitterten, ehrlichen Gesichte lag ein Ausdruck so tiefer, so fassungsloser Trauer und Hilflosigkeit, daß es fast rührend anzusehen war. Er quälte sein Hirn offenbar ab um einen rettenden Gedanken, der ihm doch nicht kommen wollte. Da, plötzlich, schien etwas in ihm aufzusteigen – seine Augenbrauen hoben sich wie vor Erstaunen... Man sah ganz deutlich, wie der neue Gedanke Macht über ihn gewann. Zuerst schüttelte er den Kopf, als wollte er den Gedanken mit abschütteln, dann stierte er vor sich hin und dachte ihn offenbar weiter und klarer aus. Dieser Gedanke mußte sehr finster, sehr unheimlich sein. Denn die Atemzüge des Mannes gingen rascher, ein Zucken überflog seinen Körper, seine Züge wandelten sich. Die Mundwinkel, welche schlaff niedergehangen, hoben sich, die Lippen wurden dünn und farblos, und auf der Stirne lag eine fremde, drohende Furche. Aber das Unheimlichste waren die Augen – so starr, so furchtbar düster blickten sie...

»Fedor –«, rief ich entsetzt.

»Befehlen, Herr Georg?«

Er sah mich ruhig an. Was war mit diesem Menschen geschehen? War das noch derselbe gute, läppische, schwatzhafte Fedor?! Auf seinem stumpfen, todblassen Gesichte lag etwas wie eine Wetterwolke, ehern, festgemeißelt. Es war ein überaus peinlicher Anblick.

»Fedor«, rief ich und griff ihn hart an und schüttelte ihn, »Fedor, du willst sie töten?«

»Ja, Herr Georg.«

Ich ließ seinen Arm fahren und taumelte zurück. Ich rang nach Worten – ich wußte nicht, was ich sagen sollte. Und dabei wußte ich, daß töricht und vergeblich sei, was immer ich sagte. Man muß nur den Russinen kennen. Er ist nicht rasch im Erfassen, noch minder im Handeln – er ist stumpf und dumpf geworden durch die Peitsche des Polen, das Missionskreuz des Jesuiten, den Schnaps des Juden. Aber ist er einmal entschlossen, so hindert ihn an der Ausführung nur die Fessel oder der Tod. Vielleicht trägt auch die Natur dazu bei, ihn so stumpf und traurig zu machen und in seiner Traurigkeit so unerschütterlich – diese grausame Ebene um ihn, unendlich gleichförmig, endlos ausgegossen, und über ihm dieser niedrig hängende, endlos ausgegossene graublaue Himmel.

»Fedor!« rief ich dennoch und trat nochmals dicht an ihn heran. »Weißt du, was dich dann erwartet?«

»Ja!«

»Der Galgen!«

»Ja, Herr Georg!« Und das in einem Tone, als ob er sagen würde: »Ja - freilich ist heute Mittwoch!«

»Mensch! - so willst du dir dein Ende machen! Das ganze Leben lang ein ehrlicher, braver Kerl und mit grauen Haaren ein Mörder?! So bedenke es doch nur - wie kommst *du* zu so einem Vorsatz?!«

»Ich muß ja, Herr Georg, ich muß! O Gott, Gott!« fügte er fast weinerlich hinzu. »Ich habe ja selbst das größte Mitleid mit mir! Ich weiß ja - der Henker!... Aber ich kann mir nicht helfen, es muß geschehen, sehen Sie - eben darum, weil ich ein ehrlicher Mensch bleiben will bis zum Tode...« Und fast feierlich fuhr er fort: »Hören Sie, Herr Georg! Als unsere gnädigste Frau Gräfin Mutter, welche ein Engel war, so rein, so gut - als sie auf dem Sterbebette lag und es war ihre letzte Nacht, und selbst der dicke Professor aus Lemberg konnte ihr nicht mehr helfen, denn die Schwindsucht - oh! eine böse Krankheit - kein Mittel dagegen, kein Mittel, sonst hätten wir sie gerettet... Also in dieser letzten Nacht - der Professor war schon wieder fort und hatte gesagt: ›Gegen Morgen stirbt sie‹, und der alte Herr Prior von den Dominikanern in Barnow hatte ihr die letzte Beichte abgehört und kam gleich wieder aus dem Sterbezimmer heraus - ich bitte Sie, dieser Engel hatte ja gar keine Sünden, was war da lange zu hören? -, und die ganze Verwandtschaft war da und die Verwalter von den Gütern und die Pächter, und im Schloßhofe die Bauern, Kopf an Kopf, alle mit abgezogenen Hüten... Oh! das war eine Nacht! In allen Zimmern haben Lichter gebrannt und Fackeln im Hofe - so viele Menschen, aber kein lautes Wort - nur alles schluchzt und die Bauern schluchzen wie um eine Mutter - es hat uns allen das Herz weh getan, so weh! Sie war ja noch so jung und mußte schon sterben, gleich hinter dem Herrn Grafen her, der vor einem halben Jahre gestorben war - am Typhus. Bei seinem Tode hatte niemand geschluchzt, nur sie, das engelgute Wesen, welches alles verzieh und vergaß - ich will nichts sagen, nichts Böses -, aber außer ihr hatte bei des Grafen Tode niemand getrauert. Sie hatte viel gelitten und jetzt - einundzwanzig Jahre war sie alt - so schön, so gut, und schon sterben! Sie wußte es, und vom gnädigsten Herrn Henryk hatte sie schon am Abend Abschied genommen, und dann hatte ich ihn in seinem Bettchen zur Ruhe gebracht

– – mein Gott! er wußte noch nichts von seinem Unglück, er verstand noch nichts – fünf Jahre! – und da sagt das Kind: ›Mutter weint, weint!‹ und fragt mich dann vor dem Einschlafen: ›Machst du mir morgen einen Drachen?‹ und ich nicke nur, denn sprechen kann ich nicht – die zurückgehaltenen Tränen würgen mir in der Kehle. Und dann schläft er gleich ein, und ich setze mich ans Fenster und schaue in den Hof und sehe die Fackeln und weine so vor mich hin, aber still, daß mir nicht das Bübchen erwacht, denn er hat einen leisen Schlaf – auch heute noch. Da kommt jemand auf die Türe zu und herein schleicht die Marinia, das Kammermädchen – sie hat später einen Kanzlisten in Barnow geheiratet, sie wollte immer hoch hinaus, aber jetzt geht es ihr schlecht – so ein kaiserlicher Hungerleider! Also die kommt herein und sagt:

›Fedor‹, sagt sie, ›sie will den Knaben noch einmal sehen.‹

›Und wie steht es?‹ frag' ich. Da fängt sie zur Antwort nur laut zu weinen an, und ich weine auch, und der Kleine erwacht und weint mit. Da nehme ich ihn auf den Arm und trage ihn bis an die Tür des Sterbezimmers, und dann trägt ihn die Marinia hinein. Ich bleibe unter den vornehmen Herrschaften stehen, und nach einer Weile kommt sie heraus:

›Fedor, sie will dich sprechen!‹

Hören Sie, Herr Georg?! – *mich* hat sie sprechen wollen in ihrer letzten Stunde, keinen von der Verwandtschaft und keinen von der Freundschaft, *mich*! Also ich gehe hinein, und da liegt sie da – so blaß, so durchsichtig war das Gesicht –, wären nicht die goldenen Locken an den beiden Wangen gewesen, ich hätte das Gesicht kaum von den Kissen unterscheiden können. Und das Bübchen, das steht ganz lustig am Bette und lacht und spielt mit den Spitzen am Polster. Sie winkt mich heran, ich trete näher.

›Fedor‹, sagt sie, ›mein Henryk wird sehr reich sein, aber er wird keinen Vater haben und keine Mutter, und er wird so herumgestoßen werden unter den fremden Menschen. Gib du acht auf ihn, Fedor.‹ Ich nicke – sprechen kann ich nicht. ›Du bist ein braver Mensch‹, sagte sie, ›bleib bei ihm, verlaß ihn nie, versprich es mir!‹

Und dabei legt sie mühsam die weiße Hand auf die Bettdecke, und ich rühre ehrfurchtsvoll an die kalten, feuchten Finger. Und damals, Herr Georg, hab' ich mir nicht einen Eid geschworen, sondern tausend - tausend Eide, Herr Georg!«

Der alte Mensch wischte sich die Tränen aus den Augen, seine Lippen bebten. Dann fuhr er fort:

»Also - jetzt werden Sie einsehen: die Braune muß sterben. Denn - leichtsinnig sind wir, das ist wahr - das haben wir leider vom Herrn Vater, aber das gute, edle Herz - das haben wir von der Frau Mutter. Also - dumme Streiche haben wir gemacht - unzählige! Aber einen schlechten Streich? - niemals nicht! Und wenn wir dergleichen machen wollten, so hat man uns an jene Nacht erinnert, und wir haben's unterlassen.

›Fedor, altes Weib, du hast Recht, wir wollen's bleiben lassen.‹

Aber heute morgen beim Ankleiden?

›Fedor - schweig! ich heirate sie - alle Toten der Welt sollen mich nicht hindern!‹

Also - selbst diese Erinnerung hilft nichts mehr, also - wir heiraten sie, also - das darf nicht geschehen, also - es gibt kein anderes Mittel, also - ich muß sie töten!«

Und diese fünf »Also« zählte er an den fünf Fingern seiner Rechten ab, dann ballte er sie und ließ die Faust auf den Tisch fallen, und auf seinem Gesichte lag wieder jener Ausdruck stumpfer, starrer, grausamer Entschlossenheit.

»Du Tor!« rief ich. »Du Schwätzer! Meinst du, man läßt einen mordgierigen Menschen frei herumlaufen? Augenblicklich eile ich zu Henryk, und wir lassen dich binden und liefern dich morgen früh an das Kreisgericht ab nach Tarnopol.«

»Meinetwegen - auch gut!« Das Gesicht des Alten blieb starr, keine Muskel zuckte. »Deshalb tu' ich's doch, wenngleich dann mit dem Arm eines andern. Oh, Herr Georg! Sie sollten uns doch besser kennen! Wir halten zusammen - seien Sie überzeugt. Sperren Sie mich ein, so tut's der Gregor oder der Janko! Oh! - es geschieht, es geschieht doch, Herr Georg. Und gar in dieser Sache, wo es sich um die Ehre unseres ganzen Hauses handelt!...«

Ich griff mir an die Stirne, ich wußte, daß er die Wahrheit sprach, ich kenne ja diese Leute!

»Aber er wird ja wahnsinnig«, rief ich, »wahnsinnig an ihrer Leiche!«

Und wieder zuckte keine Muskel in diesem Gesicht.

»Wahnsinnig? hm! vielleicht – hm! wahrscheinlich! – hm! sogar gewiß! Aber was ändert das an der Sache?! Erstens kann man doch noch geheilt werden, und wenn auch nicht, so bleibt es doch immer nur ein großes *Unglück*. Denn was werden so die Herrschaften sagen? ›Armer Henryk – verrückt geworden – im Irrenhaus!‹ Aber wird jemand spotten? Nein! Oder kommt dadurch ein Flecken auf unsere Ehre? Nein! Und selbst wenn so ein junges Herrchen seine Witze machen will, es wird sich schon jemand finden, der ihm sagt: ›Schweigen Sie, den Verstand kann jeder verlieren, das heißt, wenn er einen hat!‹ Aber wenn wir sie heiraten!... O Herr Georg!« Der Alte knirschte mit den Zähnen. »Ich kann Ihnen schon heute sagen, was sie reden werden, diese guten Freunde, diese Herrschaften, diese falschen Polacken! Zum Beispiel: ›Von der Verwandtschaft der Braut war niemand bei der Hochzeit, sogar ihre Eltern waren verhindert, der Vater wurde leider eben an dem Tage in Czernowitz gehängt und die Mutter wegen Diebstahls in Lemberg gestäupt!‹ Oder dann später: ›Ich komme nie nach Gonisko – wissen Sie, es sind so viele Neffen und Nichten der Gräfin im Hause, und da fürchte ich für meine Taschen!...‹ Oh, ich kenne dieses Gesindel! Und erst, wenn Kinder kommen... ›Merkwürdig‹, wird der kleine Smolzki dem Baron Mustazza erzählen, ›merkwürdig, wie ähnlich dieser gräfliche Stammhalter dem jungen Zigeuner ist, der jetzt bei mir Stallputzer ist. Aber er ist diebisch – ich werde ihn fortjagen – er mag dann nach Gonisko zurückkehren, wo er früher war – verstehen Sie?‹ Und der Baron Mustazza versteht und lacht... Oh, oh!« Der Alte stöhnte... »Gute Nacht, Herr Georg! Tun Sie, was Sie wollen, ich tue, was ich *muß*!« Und er wandte sich zum Gehen.

»Fedor«, sagte ich und legte ihm die Hand auf die Schulter – mein Blick fiel dabei zufällig auf den Spiegel, und ich erschrak fast, so bleich war ich und so verstört – »du mußt mir eines versprechen: du tötest sie nicht eher, als bis sie auf den Wagen steigt, der sie zur Kirche führt!...«

Er dachte nach.

»Ich verspreche es«, sagte er dann. »Aber unter einer Bedingung: Sie verraten mich nicht, denn sonst muß es ein anderer verrichten! Warum ein anderer? *Mich* hat ja unsere gnädigste Frau Mutter in jener Nacht an ihr Sterbebett rufen lassen...«

Ich nickte.

»Warum werden Sie plötzlich so rot, Herr Georg?« fragte er noch, schon halb zur Tür gewendet.

Ich schwieg, ich wagte kaum, mir selbst den Gedanken zu gestehen, der mir das Blut in die Wangen getrieben...

Ich winkte ihm stumm, zu gehen...

4

Die Tür fiel ins Schloß, ich horchte seinen verhallenden Schritten. Dann warf ich mich in einen Lehnstuhl und schloß die Augen. Ich fühlte mich plötzlich entsetzlich müde, geistig und leiblich. Und dabei zitterte doch jeder Nerv in mir vor Aufregung, und mein Blut jagte rasend schnell durch die Adern. In den Schläfen empfand ich ein überaus peinigendes Gefühl, als würden mir da blitzschnell glühende Nadeln eingetrieben und hinausgezogen. Mein Herz hämmerte gegen die Rippen, rasch, schmerzhaft, Schlag um Schlag. Aber plötzlich schien es stillzustehen...

Ich sprang auf – einen Augenblick lang durchzuckte mich ein dunkles, übermächtiges, entsetzliches Gefühl, ich glaube, es war die Todesangst. Ich stürzte ans Fenster. Die Nachtluft schlug mir entgegen, schwül, erstickend schwül – schwerer Blumenduft schwamm darin. Ich starrte hinaus, angehaltenen Atems – alles schwarz, alles still. Ich blickte zum Himmel empor, der Mond mußte ja längst aufgegangen sein. Aber kein Lichtschein war zu gewahren, und auch den Himmel fand ich nicht. So weit das Licht der Kerzen hinausstrahlte, so weit konnte mein Auge sehen: grünes Gesträuch – ein Blumenbeet – eine kleine Figur aus Sandstein. Aber sonst war alles ringsum Finsternis – schwarze, undurchdringliche, drohende Nacht. Ich schaute und lauschte, lauschte bang. Sonst hat ja die Nacht tausend Stimmen: Windeswehen, Blättergeflüster, Leben und Weben nächtlichen Getiers und anderes, was wir nur hören und nicht erkennen – wer weiß, was alles sonst leise das Dunkel durchtönt?... Aber heute – Stille, grausame Stille! Mir war's, als hielte die Natur den Atem an in dieser unheimlichen Nacht und lauschte – lauschte bang – worauf?! – worauf?!...

Ein schriller Klang hinter mir, ein kurzes Kreischen – ich wandte mich um, die alte Wanduhr hatte die erste Stunde nach Mitternacht geschlagen. »So spät«, flüsterte ich vor mich hin, »ich sollte zu Bett gehen.« Ich fuhr mir über die Stirne, sie war von kaltem Schweiß bedeckt. Dann starrte ich in das ruhige Licht der Kerzen und – legte mich wieder ins Fenster.

Kein Lufthauch war wach. Das Gesträuch vor dem Fenster stand still – im ganzen Garten regte sich kein Blatt. Noch immer dieselbe dumpfe Stille und Finsternis. Da – auf einmal – blitzte es am Himmel auf, eine ungeheure Lohe. Taghell, in grellem weißem Licht stand eine Sekunde lang der Garten vor mir, die Flügel des Schlosses, der Wolkenhimmel. Ich schloß die Augen und trat einen Schritt zurück – ich erwartete das Gedröhne des Donners. Jedoch nur ein leises, unheimliches Flüstern ward hörbar, als ginge ein Windhauch durch die Blätter. Das war seltsam, denn die Luft war und blieb unbewegt, dabei unsäglich schwül, und dennoch zitterte der Strauch vor dem Fenster – ich sah es ganz deutlich – seine Zweige regten sich. Ich weiß nicht – die Pflanze erschien mir wie etwas Lebendiges – ich strich leise, fast zärtlich mit der Hand über die Zweige. »Der arme Strauch zittert vor dem Gewitter«, sagte ich laut vor mich hin.

Wieder schlug die Lohe auf, blitzschnell, übergewaltig. Und wieder kein Donner, nur jenes unheimliche Rascheln im Laub...

»Wetterleuchten!«sagte ich langsam und laut, »Oh! wenn nur das Gewitter käme!« Und dann nickte ich, als hätte dies ein anderer gesprochen und ich wollte ihm beistimmen...

»Was red' ich da mit mir selbst?« schrie ich dann plötzlich auf »Bin ich krank – wahnsinnig?« Ich legte die Finger an meine Pulse, sie jagten fiebrig. »Mein Blut kocht – mein Kopf brennt!« dachte ich – »warum?« Und wieder sagte ich laut: »Ist es diese Schwüle? Oder das Gespräch mit dem Alten? Oder sehne ich mich nach –«

Ich sprach den Namen nicht aus, ich flüsterte ihn nur, mir selbst kaum hörbar. Aber wie er mir aus der Kehle drang, da fuhr ein Zittern über meinen Leib, und ich wandte mich zur Tür – unwillkürlich – wie eine Puppe, die von fremder Hand bewegt wird.

Die Tür des Zimmers fiel hinter mir zu, ich tastete vorwärts im dunklen Korridor, rasch, heftig, wie ein Verzweifelnder. Ich fühlte nichts mehr – ich wußte nichts mehr – ich dachte nichts mehr – nur das Blut rannte und rauschte in mir: »Zu ihr, zu ihr!«

Der Korridor mündete in einen zweiten, ich stürmte weiter, bis ich an eine Treppe kam. Da blieb ich stehen. Aber was meinen Fuß bannte, war nicht etwa die Erkenntnis meiner sündigen Torheit, sondern der Gedanke: »Du kennst den Weg nicht, der zum Salon führt! Du mußt wieder dein Zimmer zu finden suchen und dir – eine Kerze mitnehmen!«

Und ich wandte mich und tastete wieder zurück – einen langen Gang hinab, an unzähligen Türen vorbei – immer hastiger – immer toller. Aber der Gang nahm kein Ende, das konnte unmöglich der Weg sein, den ich gekommen...

Wieder blieb ich unschlüssig stehen. Aber nur einige Sekunden lang. Dann trieb mich mein tolles Blut wieder weiter...

Da – ich hielt an und fuhr zusammen – da brach mir ein ferner Lichtschein ins Auge und kam näher und näher, ein langsamer, fester Schritt hallte durch den Korridor...

»Es ist Henryk«, dachte ich, »oder ein Diener... gleichviel – ich muß mich verstecken...« Und ich schmiegte mich in die nächste Türöffnung und drückte auf die Klinke...

Aber die Tür war verschlossen. Der Schritt kam näher und näher, es war Fedor, eine Lampe in der Hand...

Wieder drückte ich krampfhaft, verzweifelt auf die Klinke, aber sie gab nicht nach. Ich schloß die Augen. »Was wirst du ihm sagen?« dachte ich.

Der Alte bemerkte mich erst, als er dicht vor mir stand. Er wich erschreckt zurück.

»Wer –«, rief er, aber da erkannte er mich auch. »*Sie*, Herr Georg? Haben Sie nicht schlafen können? Es ist eine schwüle Nacht, wir bekommen ein furchtbares Gewitter, wenn auch erst gegen Morgen! Ich will darum alle Fenster – aber«, unterbrach der sich plötzlich, »wohin wollten Sie denn eigentlich?«

Ich erwiderte nichts, es fiel mir nichts ein und meine Kehle war wie zugeschnürt.

»Wollten Sie in den Garten?«

»Nein«, stammelte ich, »das heißt – ja!«

Er hob die Lampe und leuchtete mir ins Gesicht. Ich mochte wohl recht sonderbar aussehen, denn er schüttelte besorgt den Kopf.

»So verstört«, sagte er, »sind Sie krank, Herr Georg?«

»Etwas Kopfweh«, flüsterte ich scheu und blickte zur Seite.

Der Alte hob die Lampe noch höher und schaute mir scharf und prüfend ins Antlitz. Es waren wohl nur einige Sekunden, mich dünkten sie damals eine Ewigkeit voll Scham und Qual. Ob er erriet, wohin ich hatte gehen wollen – ich weiß es nicht genau. Nur das eine weiß ich, daß sein Blick immer düsterer, immer starrer wurde. Ich wich diesem Blick aus, ich schlug die Augen nieder, aber er bohrte mir durch die Lider und ins tiefste Herz.

»Kommen Sie«, sagte er endlich langsam, schwer, »wir wollen zu Ihrem *Freunde* gehen!«

Er faßte meinen Arm und führte mich, wie man ein Kind, einen Kranken führt. Ich folgte ihm willenlos.

»Wir haben auch Kopfweh«, murmelte er, indes er mich so sachte vorwärts schob.

Mir fiel die seltsame Redeweise nicht auf, noch minder lächelte ich darüber. Er aber fuhr bekümmert fort:

»Wir essen nichts mehr, wir trinken nur. Und in der Nacht schließen wir kein Auge. Wir werden ernstlich krank werden!«

»Weißt du«, begann ich mühsam und fühlte, wie mir dabei eine brennende Röte übers Antlitz schlug, »weißt du, ob Henryk in seinem Zimmer ist?«

Er schien die Frage überhört zu haben. Dann aber erzählte er:

»Ich bin eben im linken Flügel, da höre ich die Schelle aus dem Salon der Hexe klingeln – ganz wütend, wie man Sturm läutet. Ich laufe hin. Da steht die Braune, mitten im Zimmer, allein, mit zerzaustem Haar, und schluchzt:

›Wecke den Henryk oder den Zauberer – gleich! Ich fürchte mich vor dem Gewitter!‹

›Wir haben einen Blitzableiter auf dem Dach!‹ sage ich.

›Was?‹ ruft sie. ›Ich fürchte ja nicht den Blitz – ich weiß einen Spruch dagegen! Aber‹ – und da beginnt sie wieder zu schluchzen – ›die Mauern – das Dach – ich bin noch nie eingesperrt gewesen bei einem Gewitter – mir birst vor Angst das Herz. Hinaus – ich will hinaus in den Sturm! Oder rufe Leute, Leute! Oder bleib' wenigstens du hier, alter Hund!‹ Und dabei zittert sie wirklich an Händen und Füßen, und auf ihrem Gesicht liegt die Todesangst, deutlich wie ein Schleier, den man mit Händen greifen kann. Schon will ich, der ich ein alter Christ bin und kein alter Hund, trotz des Schimpfworts Mitleid mit ihr haben und eine Magd rufen, da miaut plötzlich der Kater im Garten, und sie schreit: ›Geh! Geh!‹

›Soll ich dir nicht die Kasia holen?‹

›Nein!‹ ruft sie und stampft mit dem Fuße. ›Ich will allein bleiben!‹ Ich gehe zur Türe, da schreit sie: ›Steige aufs Dach, fange den Kater.‹

›Aber er miaut ja im Garten‹, sag' ich.

›Nein auf dem Dach!‹ schreit sie. ›Ich befehle dir, steige sogleich aufs Dach – sonst lasse ich dich morgen davonjagen. Hörst du, aufs Dach!‹

Da bin ich gegangen, aber nicht aufs Dach, sondern in den linken Flügel, die Fenster zu schließen. Denn wenn sie alle Leute verrückt macht – mich nicht!«

Wir hielten vor Henryks Schlafzimmer. Die Tür war halb geöffnet, auf dem Tische brannten die Wachskerzen, aber das Lager war unberührt, das Zimmer leer.

»Wo mag er sein?« fragte ich, und wieder jagte mir eine Blutwelle über das Antlitz.

Fedor seufzte tief auf. Dann durchschritt er das Zimmer und trat ans geöffnete Fenster, durch welches die Nacht schwarz und drohend hereinstarrte.

»Wir sind ein armer Narr«, murmelte er. »Sehen Sie her, Herr Georg«, sagte er dann laut und wies auf einen Flecken am Fensterpolster. »Da sind wir hinausgesprungen und laufen nun seufzend im Garten herum. Ach! es könnte einen Stein erbarmen!«

Er beugte sich weit hinaus und spähte ins Dunkel.

»Herr Henryk!« rief er. »Herr Graf!«

Laut und durchdringend rief er es, und dabei zitterte doch seine Stimme und es lag ein Ton darin, nicht zu schildern. So ruft kein

Vater, so ruft nur eine Mutter nach ihrem Kinde... Der Ton verhallte – die Nacht lag schweigend, wie früher – es kam keine Antwort.

»Kommen Sie, Herr Georg!« bat der alte Mann. »Das ist« – er warf einen scheuen Blick hinaus – »das ist eine unheimliche Nacht. So, als ob« – er stockte wieder – »als ob ein Unglück geschehen müßte! Kommen Sie, wir wollen ihn im Garten suchen!«

Er schritt mir voran, den Korridor hinab, bis an ein Pförtchen. Da stellte er die Lampe hin, schloß die Tür auf und trat hinaus.

»Willst du nicht die Lampe mitnehmen?«

Er schüttelte den Kopf

»Wozu? Ich sehe auch im Dunkeln gut. Und was gar mein Ohr betrifft – *seinen* Schritt höre ich aus der Ferne!«

An mich dachte er nicht. Erst als ich nach dem ersten Schritt zaudernd stehen blieb, brummte er etwas in den Bart, faßte meine Hand und zog mich hastig in den Garten.

Es war eine Nacht, wie ich nie eine ähnliche erlebt. So schwül, so furchtbar still, so tiefschwarz – ich hatte das Gefühl, als schlichen wir in einer Katakombe dahin, tief in der Erde. Aller Ton, alles Licht schien erstorben. Sonst gewöhnt sich das Auge allmählich an das Dunkel, die Gegenstände heben sich schwärzer ab vom Hintergrunde des mächtigen, wenn auch noch so dicht mit Wolken umhangenen Himmels. Heute war nichts von den Bäumen zu sehen, nichts vom Schlosse. Ich blickte auf den Boden, sonst schimmern die Kiesel weiß – heute war auch da nichts als gähnende Finsternis – in die Nacht, wie in einen Abgrund tastete der Fuß...

»Henryk!« rief Fedor plötzlich und hielt an. »Henryk!«

Keine Antwort.

»Er will nicht«, murmelte der Alte. »Denn gehört hat er mich!«

»Wie?«

»Haben Sie nichts vernommen?«

»Nein!«

»Ihr Ohr ist stumpf, Herr Georg. Es ist jemand, vielleicht dreißig Schritte von uns, vorbeigegangen - gewiß nur Henryk - wer anders? - obwohl er sonst nicht so vorsichtig schleicht!«

Ich lauschte, ich konnte nichts vernehmen.

»Jetzt wieder!« murmelte Fedor und faßte meine Hand fester.

Ich hörte noch immer nichts.

»Er ist es doch! Kommen Sie!«

Wir gingen weiter, so rasch, als es das Dunkel und die Taxushecken erlaubten. Fedor unterschied das Gesträuch, ehe es ihm entgegenschlug - mich peitschten die Zweige im Dahineilen. Es war ein schlimmes, unheimliches Umherirren.

Plötzlich blieb ich stehen.

»Was ist das?« rief ich erstaunt. Mitten in der ungeheuren Dunkelheit standen uns jählings, bei einer Wendung des Wegs, drei kleine, golden schimmernde Pünktchen vor den Augen. Eines dicht am Boden, die beiden anderen höher und fast in eins zusammenschwimmend. Es schien, als schwebten sie in den Lüften.

»Das Schloß!« sagte Fedor ruhig. »Die beleuchteten Fenster! Unten brennt der Kandelaber in des Herrn Zimmer, und oben hat die Hexe noch Licht! Die verd— Aber halt!« unterbrach er sich, und seine Stimme sank zu leisem Flüstern. »Hören Sie noch immer nichts?«

Ich hielt den Atem an und lauschte. Und diesmal hörte ich wirklich sehr fern und sehr leise einen rätselhaften Ton: ein Knistern und Rauschen.

»Wie eine Schlange!« flüsterte ich. »Das ist kein Menschentritt!«

»O doch!« gab Fedor noch leiser zurück. »Aber - ich fasse es nicht - ist er denn schon ganz verrückt, daß er bloßfüßig im Garten umherläuft?!«

Im selben Augenblick klang von fern ein Pfiff und das Bellen eines Hundes.

»Das ist Henryk!« sagte Fedor tief aufatmend. »Gott Lob! der Hektor ist bei ihm – da kann ihm nichts zustoßen. Aber – wer ist der andere?«

Mir ging – ich wußte nicht warum – ein kalter Schauer über den Rücken und rührte leise an alle Nervenausläufer der Haut.

»Irgendein Tier«, meinte ich.

»Nein«, flüsterte Fedor, »es schleicht jemand auf nackten Sohlen gegen das Schloß zu – kommen Sie! Aber leise, leise!«

Wir schritten auf die leuchtenden Pünktchen zu, so rasch und so lautlos, als wir vermochten. Dazwischen hielten wir inne und horchten. Aber nur einmal wieder wollte Fedor das Geräusch gehört haben, ich konnte nichts mehr vernehmen.

So waren wir auf vielleicht nur hundert Schritte Entfernung vom Schlosse angelangt. Aber trotzdem konnten wir nichts von dem Mauerwerk unterscheiden, nur die drei erleuchteten Fenster blickten uns entgegen, nicht mehr als Pünktchen, sondern als goldige Flächen – trotz der Nähe ganz klein – denn die Finsternis schmälerte und verschlang eifersüchtig den Lichtschein.

Da brauste mächtig und urplötzlich, wie aus sich selbst geboren, ein Windstoß im Gesträuch, und im selben Augenblick flammte eine ungeheure Lohe über Himmel und Erde, in grellweißem Licht, greifbar nah stand uns das Schloß – dann doppelt finstere Nacht, wieder ein jäher, aber schwächerer Windstoß und endlich ferner, lang anhaltender Donner.

»Das Gewitter! – in einigen Minuten entlädt es sich – kommen –«

Er sprach es nicht zu Ende.

»Miau! Miau!« klang es gellend, langgezogen, wie aus unserer nächsten Nähe, und schnitt ihm das Wort ab.

Das also war der Schleicher auf nackten Sohlen, dachte ich. Und mit dem Gedanken überkam mich überreizten, fiebernden Menschen eine ungeheure, unbezähmbare Lachlust.

»Hahaha!« brach ich los.

»Schweigen Sie!« keuchte mir Fedor ins Ohr und preßte mir die Hand auf den Mund. »Um Christi willen – hören Sie doch nur!«

Ein Fenster klirrte bei heftigem Öffnen – man hörte es ganz deutlich. Es war eins der beiden erleuchteten Fenster im ersten Stockwerk... Mit eisernem Druck umfaßte der Alte meine Hand und zog mich vorwärts – näher heran.

»Miau! Miau!« erklang es wieder in unserer Nähe – der natürlichste Katzenschrei, den man sich denken kann. Und wie ein Echo erklang es von oben, aus dem Fenster – fein, dünn, zärtlich: »Miau, miau!«

Was ist das? hatte ich in höchster Aufregung rufen wollen. Aber die Hand Fedors lag wieder auf meinem Munde und erstickte den Ton.

Oben beugte sich eine Gestalt aus dem Fenster – Aniula.

»Bist du's?« rief sie laut und fröhlich. »Komm nur – die Luft ist rein.«

»Ist niemand wach?« fragte eine gedämpfte Stimme unten.

»Nein! – sie schnarchen alle –«

»Aber mir war's, als ginge jemand im Garten herum?«

»Vielleicht der blasse Narr – der Graf! Aber der kommt dann nicht so bald heim! Ich habe dafür gesorgt, daß ihm der Schlaf vergeht!«

»Kannst du herabkommen?«

»Das Tor ist zu. Aber du hast doch die Stricke?«

»Freilich – warte nur!«

Einen Augenblick Stille, dann ein Hinschleichen auf den Kies und wieder Stille.

»Man entführt sie!« schrie ich auf und suchte mich den Händen des Alten zu entwinden.

Aber er hielt mich, wie man einen Wahnsinnigen hält, und meinen Aufschrei überheulte der Sturmwind, der wieder jählings alles Gesträuch aufwühlte, daß es mit tausend Stimmen rauschte und stöhnte.

»Noch ein Wort«, flüsterte Fedor dumpf, »und ich erwürge Sie, so wahr mir Gott helfe! Wollen Sie verhindern, daß der Teufel aus dem Hause kommt?«

Wieder ein Blitz, länger, greller als die früheren. In seinem taghellen Schein sahen wir, wie sich eine geschmeidige Gestalt an einem Pfeiler des Balkons hinaufwand.

»Ein junger Zigeuner!« murmelte Fedor.

Es war so. Wir sahen zu, wie zuerst ein Krauskopf, dann ein Paar Arme im Lichtkreis des Fensters erschienen. Die Zigeunerin beugte sich vor, umhalste den Emporklimmenden und küßte ihn auf den Mund, daß es bis zu uns hinabschallte.

»Nur zu! So ein Mund schickt sich für dich!« flüsterte Fedor grimmig. Der Bursche hatte sich inzwischen auf das Fensterbrett geschwungen und sprang nun ins Zimmer. Aniula umhalste ihn, aber er schüttelte sie ab und machte sich am Fensterkreuz zu schaffen.

»Er befestigt die Strickleiter!« wisperte mir mein Begleiter zu .

»Es ist der Josel!« seufzte ich.

»Wer? Kennen Sie ihn?«

»Ja! – nein!« stammelte ich – es war beides richtig. Ich hatte den Burschen erkannt, den ich am Tage vor dem Karren gesehen, und vermutete, daß es derselbe sei, von dem Aniula dem Grafen erzählt.

»Ja! – nein!« wiederholte Fedor spöttisch. »Aber wenn es der Antichrist in eigener Person wäre, ich möchte ihm einen Gulden schenken und höflich die Treppe hinableuchten, wenn er sich nur die Braune mitnimmt!«

Das Gewitter kam näher und näher; der Sturm heulte nun ohne Aufhör, immer wilder und schriller, mit grauenhaften Stimmen, die Blitze folgten sich immer dichter und der Donner brüllte dumpf und drohend. Aber wir standen regungslos und schauten empor. Ich weiß nicht, wie lange – vielleicht nur drei Minuten lang – mir waren es ebenso viele Ewigkeiten. Wenn ich heute daran zurückdenke, was ich damals empfand, so ist es mir zumute wie dem Wanderer, der in einen der unheimlichen Wassersprudel der Karpaten hinabblickt. Er steht auf festem Boden, im klaren Sonnenlicht, aber wenn er sich über die gähnende Tiefe beugt, dann betäubt ihn das unheimliche Spiel der dunklen Wasser, die, von rätselhafter Kraft gehoben, emporschäumen und sich überschlagen und deren dumpfes Rauschen klingt wie ein mühsam gedämpftes Klagegeheul...

»Die Elenden!« murmelte Fedor plötzlich und fuhr zusammen. »Diebe, Halunken!«

Die erleuchteten Fenster hatten sich verfinstert. Aber ein drittes, welches daran stieß, ward helle.

»Henryks Schreibzimmer!« stöhnte Fedor. »In der Lade liegen dreihundert Dukaten!«

»Sollen wir Lärm schlagen?«

»Nein!« rief er heftig. »Wir sollen nicht! Und wenn es das ganze Vermögen wäre!... Ah! da sind sie schon!«

Wieder wurden die Fenster des Salons hell. Und nun erschienen die beiden Gestalten am Fenster.

»Sturm!« hörten wir Aniula rufen. »Ein prächtiges Wetter!«

Dann schnallte sie dem Burschen ein großes Bündel um und setzte sich auf das Fensterbrett.

»Zurück!« flüsterte Fedor und zog mich hinter ein Gebüsch. »Der Schein der Blitze könnte uns verraten!«

Oben erlosch die Kerze. Aber das Gewitter gab von Sekunde zu Sekunde grellen Schein. Wir sahen, wie zuerst Aniula an der Strickleiter hinabglitt, dann der Bursche, das Bündel auf dem Rücken, eine Axt in der Hand.

Nun waren sie unten.

»Vorwärts!« rief er. »Der Regen beginnt!«

»Vorwärts!« jauchzte sie.

Wir hörten und sahen die beiden dicht an uns vorbeilaufen, in Nacht und Sturm hinaus.

Die Wolken entluden sich, der Regen stürzte herab in Strömen. Wir trieften binnen wenigen Sekunden vor Nässe. Aber noch standen wir regungslos, wie gebannt...

Da, urplötzlich – hörten wir, mitten durch das Rauschen des Wassers, durch das Dröhnen des Donners einen schrillen, halbverwehten Ton. Er klang so fremd, so unheimlich, daß ich zusammenfuhr.

»Was ist das?« rief ich entsetzt.

Der Ton schwieg und begann dann wieder und währte fort – ein langgezogenes, dumpfes Heulen...

»Der Hund!« schrie Fedor verzweifelt. »Mein Henryk! – Die Zigeuner haben ihn getötet...«

Wir stürmten dem Tore nach, über Stock und Stein, in die furchtbare Sturmnacht hinein. Das Heulen schwieg nur auf Sekunden, dann erklang es immer lauter, immer schauerlicher.

Mir sträubte sich das Haar vor Entsetzen, die Knie wankten unter mir, ich stürzte zusammen und raffte mich doch wieder auf und lief weiter.

»Fedor!« rief ich.

Keine Antwort. Aber nun klang das Heulen ganz nahe. Plötzlich verstummte es und schlug in ein Freudengebell um.

»Fedor!« rief ich wieder.

»Hier bin ich«, sagte er mit lauter, heiserer Stimme. »Und hier liegt auch Henryk – tot – sie haben ihn erschlagen...«

Ein Blitz leuchtete auf – ich sah die Gestalt des Freundes hingestreckt in den Schlamm. Da tat mein Herz noch einige langsame, schwere Schläge – dann stand es still –

Ich schlug zur Erde hin – lautlos, schwer – wie ein gefällter Baum...

5

Als ich wieder zur Besinnung kam, lag ich weich gebettet und fühlte etwas wie eine kalte Hand auf meiner glühenden Stirne. Ich griff darnach – es war ein Säckchen, mit Eis gefüllt. Dann riß ich weit die Augen auf und starrte um mich. Ich lag in einer freundlichen Stube mit lichten Tapeten – die Sonne schien durch das geöffnete Fenster, in welches sich grünendes Gesträuch drängte.

»Guten Morgen«, sagte eine freundliche Stimme.

Ich sah niemand und suchte den Kopf zu wenden. Aber diese Bewegung schmerzte mich, und ich hielt still.

»Wo bin ich?« fragte ich.

»Guten Morgen«, klang es abermals, so freundlich wie früher.

»Wer bist du?«

»Guten Morgen«, klang es zum dritten Mal.

Wieder wollte ich den Kopf wenden nach dem Sprechenden, aber ich brachte die Kraft nicht auf. Ich fiel zurück, die Lider wurden mir immer schwerer, der Schlaf kam wieder über mich.

Als ich neuerdings erwachte, stand dasselbe Bild vor meinen Augen, nur lag die kalte Hand nicht mehr auf meiner Stirne, auch schien nicht die goldene Morgensonne in die Stube, sondern diese war erfüllt von dem roten Widerschein der Abendglut.

Als ich mich regte, da erklang auch wieder dieselbe Stimme und sagte, obgleich um die Wölbung schon die Schatten der Dämmerung lagen, wieder ihr freundliches »Guten Morgen!«

Nun vermochte ich den Kopf zu wenden und schaute in ein gutes, dummes, rotes Jünglingsantlitz.

»Janko«, stammelte ich endlich.

Er stand stramm aufgerichtet zu Häupten meines Lagers, einen mächtigen Fliegenwedel in der Hand, und grinste mir freundlich entgegen.

»Janko, war ich krank?«

»Guten Morgen!«

»Wie lange?«

»Drei Wochen«, erwiderte er rasch, aber dann biß er sich auf die Lippen und sagte abermals: »Guten Morgen!«

»Was heißt das?«

»Das heißt: der Herr Zauberer haben vorläufig nicht zu reden, oder man hat Ihnen wenigstens nicht zu antworten. Man hat Ihnen jeden Wunsch an den Augen abzulesen, man hat Sie zu pflegen wie die Mutter ihr Kind, aber plaudern ist verboten, das hat der Herr Doktor gesagt, ›und‹, sagte er, ›Janko, ich verlasse mich auf *dich*‹. Nämlich weil das Nervenfieber so eine gewisse Krankheit ist! Ich habe es zwar versprochen, aber ich habe ihm gleich gesagt: ›Herr Doktor – er ist ein guter Mann, er hat die Braune zum Hause hinausgezaubert; ich bitte, erlauben Sie, daß ich ihm wenigstens immer ›guten Morgen!‹ sage...

›Nun‹, sagte er, ›meinetwegen, begrüße ihn, sooft du willst.‹

Das hab' ich auch getan, vielleicht täglich dreißigmal – aber Sie haben mich nicht gehört, nicht verstanden, Sie haben nur immer geschrien und mich für einen Zigeuner gehalten, und einmal haben Sie mir fast die Nase aus dem Gesicht gedreht. Nun – wenn es Ihnen nur gut bekommen hat! Aber jetzt – schlafen Sie! Guten Morgen!«

»Die Braune –«, das einzige Wort zerriß den wohltätigen Schleier um meine fiebermüden Augen. Grell, greifbar klar stand die gräßliche Nacht vor mir.

»Henryk!« rief ich und suchte mich zitternd aufzurichten. »Lebt Henryk?«

»Er lebt«, sagte Janko und drückte mich in die Kissen zurück. »Aber wenn Sie jetzt noch Lärm machen, dann werden Sie sterben, und das wird Ihnen wirklich kein Vergnügen sein!«

Ich hielt die Augen geschlossen – und regte mich nicht mehr – ich war zu schwach. Und zu schwach war ich auch, um jene quälende Erinnerung klar festzuhalten. Ich empfand sie nur noch ganz sonderbar, ganz körperlich, als einen dumpfen Schmerz im Hinterhaupt. So lag ich halb betäubt, schwer atmend da und fühlte nur zuweilen, wie mir etwas kühl und weich übers Antlitz fuhr: der Fliegenwedel des guten Janko...

Als ich am nächsten Tage erwachte, fiel mein erster Blick auf zwei kleine, runde, glänzende Dinge, welche sich langsam über mir hin und her bewegten und von denen ich mich nun, wie im Traum, erinnerte, daß ich sie in den letzten Tagen oft gesehen und mich sehr vor ihnen geängstigt. Aber als ich die Augen ganz aufriß, da waren es nur die Brillengläser des guten Doktors Zaloziecki. Ich hatte ihn seit langen Jahren nicht gesehen, aber ich erkannte sofort seine milden, edlen Züge, und sie muteten mich an wie ein freundlicher Gruß. Mich labte in meiner Schwäche und Hilflosigkeit das Bewußtsein, in so trefflichen Händen zu sein.

»Lieber Doktor –«, stammelte ich und suchte seine Hand zu fassen. Er nahm meine Rechte zwischen seine warmen, weichen Hände.

»Verehrter Herr«, sagte er langsam, »möchten Sie die Güte haben, mir zu sagen, wie Sie heißen?«

»Georg Harder«, erwiderte ich etwas erstaunt. »Erinnern Sie sich...«

»Und Ihr Beruf?«

»Ich bin Doktor der Philosophie und bereite mich für eine Dozentur vor.«

»Das ist ja sehr angenehm!« rief er fröhlich. »Und wie heiße ich?«

»Doktor Wladimir Zaloziecki!«

»O wie mich das freut!« rief er und wiederholte triumphierend: »Doktor Wladimir Zaloziecki! Und nun werden Sie mir gewiß auch sagen, wieviel zwei mal zwei ist. Vier – nicht wahr? Aber fünfmal sechs?«

»Dreißig!«

»Dreißig!« wiederholte er im Tone höchsten Entzückens, und die treuen blauen Augen funkelten hinter den Gläsern hervor, als wären sie feucht geworden. »Dreißig! Janko, wir haben ihn über den Berg gebracht!«

»Guten Morgen!« klang die wohlbekannte Stimme aus der Ecke hinter meinem Kopfkissen. »Ich wußte ja, Ihnen ist nichts unmöglich! Aber ich habe auch mein Verdienst dabei! Die Medizin eingeben, die Suppe reichen, das Kissen richten, den Herrn Zauberer im Bette halten, sich von ihm prügeln lassen, wenn er im Fieber ist, und als Gespräch nichts als ›Guten Morgen!‹ – ich bitte Sie, bei solcher Pflege *muß* ja jeder gesund werden!«

»Ich danke dir!« sagte ich. »Aber ich habe Hunger!«

»Er hat Hunger!« rief der Doktor, und die Augen funkelten noch stärker.

»Hunger!« wiederholte Janko, machte einen Freudensprung und stürmte in zwei Sätzen zur Türe hinaus.

»Doktor«, sagte ich, »ich muß wohl sehr krank gewesen sein?«

»Hm! hm!« machte der treffliche Mann. »Aber sprechen wir von angenehmeren Dingen!...«

»Was macht Henryk?«

»Er ist außer Gefahr!«

»Ihr Ehrenwort, Doktor?«

Er zauderte, aber nur einen Augenblick. »Mein Ehrenwort!« Und dann fügte er rasch hinzu: »Die Wunde am Kopfe heilt – er wird wieder kräftig und gesund werden! Und nun haben wir genug geplaudert! Hier kommt auch Janko mit der Suppe! Adieu!«

Und er schritt eilig zur Tür hinaus...

6

Von da an ging es aufwärts mit mir, sichtlich, von Tag zu Tag. Ich genoß das wonnige Gefühl des Genesens und konnte mich dabei auch an der ehrlichen Freude laben, welche die beiden Menschen um mich darüber empfanden.

Außer Janko und dem Arzte kam freilich niemand.

»Warum besucht mich Fedor nicht?« fragte ich endlich einmal meinen drolligen Wärter.

»Warum?« wiederholte er lachend. »Warum? Eher könnte man den Mond von der Stelle bringen oder einen Zigeuner zu Ehrlichkeit und Christentum! Der Fedor! – warum er nicht kommt? – ha! ha!«

»Zürnt er mir?«

»Behüte! Aber er pflegt ja den Grafen. Und wie! Wie eine Bärin ihr Junges – und daß er ihn nicht leckt – das ist aber auch wirklich der einzige Unterschied! Er weicht nicht von seinem Lager, keinen Augenblick – es ist ein Wunder, daß sich der alte Mann noch aufrechterhält, denn er schläft ja seit Wochen nicht mehr. Und wenn jemand ins Zimmer kommt, so kommt er und zeigt die Zähne – wie eine Bärin, sag' ich. Er sieht es sogar nicht gern, wenn unser guter Doktor den Verband erneuert!«

»Ist die Wunde schlimm?«

»Schlimm genug! Und verzeihen Sie, das haben Sie nicht gut gemacht!«

»Ich?«

»Sie! Die einzige Entschuldigung ist, daß vielleicht auch ein Zauberer nicht an alles denken kann. Ihr Wille war gewiß gut, und daß Sie sich angestrengt haben, kann man ja daraus sehen, daß Sie von der Arbeit so krank geworden sind! Aber wenn Sie schon so gewaltig waren, um die Braune aus dem Hause zu bringen, dann hätten Sie auch bewirken können, daß unser Graf keinem Mörder in den Weg kommt. Freilich! – ich will Ihnen keinen Vorwurf machen! – Sie haben eben darauf vergessen!«

»Verzeihe mir«, bat ich. »Aber wie geht es Henryk?«

»Die Wunde heilt! Aber Fedor ist doch nicht zufrieden!«

»Warum?«

»Das darf ich nicht sagen!«

»Du mußt!« rief ich und richtete mich zitternd auf.

»Ich darf ja nicht«, bat Janko weinerlich.

»Du mußt!« wiederholte ich in höchster Erregung.

»Gleich!« flehte Janko. »Nur einen Augenblick!« Und husch! war er zur Türe hinaus.

Gleich darauf trat der Doktor ein.

»Lieber Georg«, sagte er ernst, »was sind das für Streiche? Sie zittern ja vor Aufregung. Wollen Sie einen anständigen Selbstmord begehen?«

»Sie sagen mir nicht die Wahrheit!« rief ich heftig. »Wie steht es um Henryk?«

»Er ist auf bestem Wege zur Genesung! Die Wunde war gefährlich – das leugne ich nicht! Der Angreifer muß die Axt hoch, aus nächster Nähe geschwungen haben. Höchstwahrscheinlich ist im selben Augenblick der Hund auf ihn gesprungen. Das hat die Kraft des Hiebes abgeschwächt. Er war jedoch noch immer wuchtig genug, und es ist ein wahres Wunder, daß Henryk so davongekommen. Man erzählt von einem Kornicki aus dem sechzehnten Jahrhundert, daß er mit dem Schädel eine Eichentür eingesprengt. Dieser solide Knochenbau hat sich zum Glück auch auf den jüngsten Sproß vererbt!«

»Aber das Gehirn ist erschüttert!« rief ich.

»Dann wissen Sie mehr als ich! Seit das Wundfieber aufgehört hat, denkt und spricht der Kranke ganz normal!«

»Und Fedors Kummer?«

»Er ist ein alter Narr!« rief der Arzt heftig – er, der sonst so höflich und milde war. »Ein Faselhans!« wiederholte er noch heftiger, und das schien mir vollends ein erkünstelter Zorn.

Aber ich mochte nicht weiter in ihn dringen.

Vier Tage darauf verließ ich mein Lager und durfte einige Stunden im Lehnstuhl verbringen. Es war ein schöner, milder Herbsttag, die bunten Blätter lösten sich schon sacht von den Zweigen, aber der Himmel war tiefblau, und die Sonne schien warm.

Da endlich kam Fedor.

»Ich gratuliere zur Genesung«, sagte er, »ich freue mich sehr.«

Es kam ihm gewiß vom Herzen. Aber auf seinem Gesichte lag just keine große Freude. Der treue Mensch war in diesen wenigen Wochen sehr gealtert, das Haar war schneeweiß geworden. die Kleider schlotterten um den gebückten Leib.

»Du bringst mir Grüße von Henryk?« fragte ich.

»Gewiß - herzliche Grüße!« Und dabei blickte er scheu und bekümmert zu Boden.

»Fedor, du verbirgst mir etwas!«

»Nein! Wir sind nicht lustig, aber wer könnte das von uns verlangen, nachdem wir kaum dem Tode entronnen!«

Und damit schloß er die dünnen, fahlen Lippen, und es war über diese Sache weiter kein Wort mehr aus ihm herauszupressen.

Und wieder nach einer Woche ging ich endlich denselben Weg, den ich einst in jener Schreckensnacht an Fedors Seite gegangen: den Korridor hinab durch das Pförtchen, in den Garten. In den ersten Tagen mußte ich mich fest auf den Arm meines Janko stützen, dann aber ging es, je länger desto besser. Und endlich war ich gekräftigt genug, da stundenlang allein auf und ab zu wandeln.

Das waren stille, schöne Stunden. Das Laub raschelte unter meinen Füßen, aus der Höhe tönte der scharfe Ruf des Kranichs, der von Litauen her im September durch den podolischen Gau gegen Süden zieht, und in den lauen Lüften schwammen die Herbstfäden, welche unsere Bauern das »Gespinst der Verdammten« nennen.

Es knüpft sich eine sonderbare Legende daran. Ein frommes Mädchen hatte die heilige Jungfrau angefleht, ihr zu gewähren, daß ein Hemde ihres Gespinstes den Träger unverwundbar mache. So wollte sie ihren einzigen, heißgeliebten Bruder schützen, der eben in den Krieg ziehen sollte. Gerührt durch diese reine Liebe, gewährte die Gnadenreiche der Flehenden den Wunsch. Diese aber, inzwischen in Liebe zu einem Unwürdigen entbrannt, gab das Gewand diesem und nicht dem Bruder. Als nun der Freche sich ihrer Gunst rühmte und der Bruder ihn um dessentwillen zum Zweikampf forderte, da blieb der Frevler unverwundbar, indes der treue Bruder sein Leben lassen mußte. Und seitdem sitzt die Sünderin am Spinnrade und spinnt unablässig, aber der Wind zerreißt ihr die Fäden und trägt sie über das Land. So erzählen die Bauern, und so wird auch das Sprichwort der Russinen erklärlich: »Sinnenlust bringt Verderben – da lehren die Fäden im Herbste...«

Es ward mir eigen zumute, da ich die Fäden so schimmernd durch die leise bewegte Luft dahinschiffen sah und dieses Wortes gedachte und jener Nacht, da ich zuletzt in diesem Garten gestanden. Mein Herz ward weich und mein Sinnen wehmütig. Ich hatte nichts zu bereuen als eine Sünde, die ich in Gedanken begangen, und dafür hatte ich teuer gebüßt. Aber ein Mitleid mit mir selbst faßte mich, ein Mitleid mit uns Menschen, die wir so stolz tun und so hilflos sind! Ach! wenn wir unser Haupt zu den Sternen erheben wollen, so kann dies nur geschehen durch eine Anspannung unserer edelsten Kraft, durch Mühsal und Kampf Aber in den Kot werden wir ohne unseren Willen geschleudert, blitzschnell, der Spielball einer Macht, die freilich auch in uns ist, aber stärker als wir! Warum sind wir so geschaffen, daß uns die Sünde so leicht, die Tugend so schwer wird? Richte dein Haupt empor, sei gut und rein und stolz – der Kobold in dir regt sich nicht, aber er lebt, und es kommt die Stunde, wo er dich niederwirft wie der Riese ein Kind!...

»Sinnenlust bringt Verderben, das lehren die Fäden im Herbste.« Ich wandte den Blick nach jenen Fenstern, hinter deren Gardinen der arme kranke Freund saß. Ich hatte ihn besuchen wollen, aber Fedor war mir entgegengetreten: der Arzt gestatte es nicht. Und Doktor Zaloziecki hatte mir dies bestätigt mit hastigen, verlegenen Worten. Was ging da vor – was war's mit Henryk? Daß er körperlich gesundete, wußte ich. Er machte schon Promenaden im Zimmer, kleine Fahrten im Walde. Wollte er mich nicht sehen? – mich allein? Oder fürchtete der Arzt, daß ich den Anblick nicht würde ertragen können? War Henryk –

Ich dachte den Gedanken nicht aus, aber er schnitt mir so schmerzlich ins Herz, daß ich stehenblieb und laut aufstöhnte.

Besorgt eilte Janko, der sich immer, auch gegen meinen Willen, in meiner Nähe hielt, herbei.

»Ist der Doktor im Hause?« fragte ich.

»Ja, was ist's? - um Christi willen -«

»Hole ihn!«

Er eilte davon. Nach einigen Minuten kam er mit dem Arzte zurück.

»Ich habe keine körperlichen Schmerzen«, sagte ich zu diesem. »Aber Sie, der Arzt, begehen ein Verbrechen an mir, wenn Sie mir bezüglich meines Freundes nicht volle Beruhigung geben. Hat sich Henryk meinen Besuch verbeten?«

»Nein!« war die Antwort. »Wenn er überhaupt spricht, so erkundigt er sich nach Ihnen. Nur ich habe ein Wiedersehen verhindert - ich allein. Meine Pflicht als Arzt hat mir dies geboten. Von ihm müssen alle aufregenden Eindrücke ferne gehalten werden, und was Sie betrifft, so könnte sein Anblick nur niederdrückend auf Ihre noch so schwer erschütterten Nerven wirken!«

»Also doch!« rief ich. »Er ist geistig gestört -«

Der treffliche Mann blickte zu Boden.

»Ich weiß nicht«, sagte er mit gedämpfter Stimme, »ob man seinen Zustand so nennen darf Henryk ist weder wahnsinnig noch stumpfsinnig. Körperliche Gründe hierfür liegen nicht vor. Das Gehirn ist nicht verletzt, und die Erschütterung durch den Hieb hat, glaub' ich, keinen Schaden gebracht. Er handelt vernünftig, und wenn er überhaupt spricht, so geschieht dies in klaren, geordneten Sätzen. Aber in seinem Gemüte ist es Nacht. Mir ist bisher nie ein Beispiel so trostloser Melancholie vor Augen gekommen. Er denkt offenbar unablässig an jene Nacht und - an das, was ihr vorangegangen...«

»Glauben Sie«, fragte ich, »daß er die Zigeunerin wiederzusehen wünscht?«

»Das ist nicht das rechte Wort. Er verzehrt sich in dem brennendsten Begehren nach ihr. Es ist rätselhaft, unheimlich. Ich kann es Fedor nicht übelnehmen, wenn er an Hexerei glaubt. Aber was nun tun? Fedor sagt: ›Er mag lieber sterben, ehe wir sie ihm wieder schaffen!‹ Und ich – nun, ich denke nicht ebenso, aber es wäre ja himmelschreiend, wenn wir jene Dirne und Diebin, die nicht weiter verfolgt worden ist, wieder ins Haus ziehen wollten! Und dann – wer weiß, wo sie sich jetzt herumtreibt, in der Türkei oder in Litauen! Und dabei bringt jeder Tag für Henryk größere Gefahr, sein Körper gedeiht, sein Geist verdirbt. Es ist entsetzlich!«

»Haben Sie oder Fedor je darüber mit ihm gesprochen?«

»Bewahre! Wir hüten uns ängstlich, an die Wunde zu rühren! Er selbst beginnt nie davon, er öffnet überhaupt, die Erkundigung nach Ihnen abgerechnet, nur die Lippen zu möglichst kargen Antworten.«

Und darauf gingen wir lange schweigend nebeneinander her.

»Sie wissen also kein Mittel?« fragte ich endlich.

»Keines! Ich hoffte früher auf die Zeit, auf eine Veränderung des Ortes und der Lebensweise. Aber von letzterem will der Graf nichts wissen. Er hat mir soeben auf eine lange und schöne Rede, die ich ihm darüber hielt, drei Worte erwidert: ›Ich bleibe hier!‹ Und das in einem Tone, daß ich jeden ferneren Versuch unterlassen werde. Und von dem Einfluß der Zeit hoffe ich auch nichts mehr, es wird ja, wie gesagt, immer schlechter...«

Wieder gingen wir lange schweigend auf und ab. In mir blitzte ein Gedanke auf, ein seltsamer, verwegener Gedanke. Ich verwarf ihn, aber er tauchte wieder auf, und je länger ich ihn erwog, desto fester ward mein Entschluß.

»Doktor«, sagte ich, »was tun Sie, wenn eine Wunde unter dem Verbande fortschwärt?«

»Ich reiße ihn ab!«

»Das tut dem Kranken weh?«

»Gewiß, aber es ist notwendig!«

»Sie haben Recht!« sagte ich. »Es wird ihm weh tun, aber es ist notwendig! Kommen Sie!«

»Wohin? Was wollen Sie?«

Ich antwortete nicht. Ich ging eilenden Schrittes ins Schloß, in den rechten Flügel, auf Henryks Zimmer zu...

Vor der Türe holte mich der Arzt ein und faßte meine Hand.

»Was wollen Sie tun?« wiederholte er.

»Das läßt sich ausführen, aber nicht sagen«, erwiderte ich und trat ein. Kurzweg, ohne zu klopfen, und absichtlich mit großem Geräusch.

Das Zimmer lag in halbem Lichte – die Gardinen waren herabgelassen. In einem Lehnstuhl, das Haupt gegen das Fenster gerichtet, lehnte Henryk. Einige Schritte von ihm stand Fedor, regungslos, die Augen starr auf den Herrn geheftet.

Bei meinem Eintritt zuckte der Alte zusammen – mit einer Gebärde, als ob er sich auf mich stürzen wollte; in den düsteren Augen blitzte es drohend auf. Henryk aber wandte sein Haupt nicht.

Ich trat an ihn heran, und als ich seine Züge unterscheiden konnte, da mußt' ich einen Augenblick innehalten, so tief war mein jäher Schmerz und Schreck. Das waren nicht mehr die lieben, feinen, geistig bewegten Züge meines Freundes, sondern ein fremdes, fahles, aufgedunsenes Antlitz, auf dem eine unsäglich dumpfe und stumpfe Trauer lag. »Er ist blödsinnig!« schrie es in mir auf.

Aber ich faßte mich gewaltsam.

»Henryk!« rief ich laut und fröhlich, obwohl mir das Herz zitterte.

Er öffnete die Augen, und ein Schimmer der Freude ging über sein Antlitz.

»Auf!« rief ich. »Komm in meine Arme! Ich muß mich ja überzeugen, daß du noch lebst!«

Er richtete sich auf.

»Bist du wieder wohl?« fragte er langsam.

»Vollkommen!« rief ich, schlang meine Arme um ihn und drückte ihn ans Herz.

Er erwiderte es nicht, aber die freudige Bewegung blieb in seinem Antlitz.

»Mein lieber Junge!« murmelte er und drückte schwach meine Hand. Dann wollte er wieder auf seinen Sitz sinken.

Aber das duldete ich nicht. Ich zog ihn einen Schritt zur Seite, legte meine Hände auf seine Schultern und hielt seine Augen mit den meinen fest. Und so, indes mein Herz fast stillstand, so rief ich ihm lustig, mit frivolem Lachen zu:

»O Henryk! Das kommt davon, wenn man den Herzoginnen untreu wird! Ich hoffe, du hast dir die Lektion gemerkt und läßt künftig jede Zigeunerin liegen, wo sie liegt!«

Die Wirkung war eine furchtbare. Er wurde blutrot, dann aschfahl, im Antlitz zuckte es unheimlich, die Lippen öffneten sich und schlossen sich und öffneten sich wieder. Er schüttelte meine Hände ab, trat zurück und ballte die Fäuste. So stand er einige Sekunden mit geschlossenen Augen, ein Zittern überlief seinen Körper.

»Laß das!« murmelte er endlich mühsam.

»Pah!« rief ich lachend. »Warum?! Du warst ein wenig töricht – was liegt daran?! – Und vergessen kannst du die Torheit doch nicht – du trägst einen bösen Denkzettel für dein Leben! Es war eine Dummheit mit tragischen Folgen, aber schließlich doch nur eine Dummheit. Und über Dummheiten muß man lachen!«

»Lachen«, wiederholte er mit bebenden Lippen. »Lachen!« rief er nochmals schrill, gellend und schlug die Hände verzweiflungsvoll vors Antlitz.

»Ja, lachen!« rief ich wieder im Tone harmloser Lustigkeit. »Auch die schöne Aniula hat sicherlich gelacht, wenigstens solange deine Dukaten vorhielten!«

»Dukaten?« fragte er murmelnd. Aber ehe ich noch erwidern konnte, wandelten sich seine Züge abermals und hatten nun einen so furchtbaren Ausdruck, daß ich unwillkürlich zurückwich. Es war die Physiognomie eines Raubtiers. Die Narbe, die sich wie ein breites Stirnband von einer Schläfe zur andern zog, begann blutrot zu flammen, die Finger griffen in die Luft und krümmten sich, und heiser, laut, schwer fiel es von seinen Lippen: »Ich finde sie doch wieder!«

Kühl wehte es über mein Haupt hin - ich wußte warum: meine Haare begannen sich zu sträuben. Aber ich bezwang mein Grauen, mit unsäglicher Anstrengung, und während sich meine Fäuste ballten, daß mir die Nägel schmerzhaft ins Fleisch drangen, fand ich die Kraft, in leichtem Tone zu fragen:

»Wen? Die Dukaten? Nein, mein Junge! Die findest du gewiß nicht wieder! Oder meinst du die kleine Hexe? Das ist möglich. Aber da du nicht so hart sein wirst, zwei liebende Herzen scheiden zu wollen, so wirst du dann auch den lieben Josel in dein Haus aufnehmen müssen, du weißt, den Burschen, der dich fast gemordet hat! Aber - warum nicht? Pikant wär's!«

Ich weiß noch heute nicht, wie ich damals die Kraft gefunden, diese Worte zu sprechen - bis auf das letzte -, laut und lustig. Denn der Unglückliche ward dabei immer fahler, und die Augen drängten aus ihren Höhlen. Und als ich geendet, da stieß er einen dumpfen Schrei aus und wankte...

Ich eilte auf ihn zu und fing ihn in meinen Armen auf.

»Mein Henryk!« stammelte ich. »Mein armer Henryk -«, und dabei stürzten mir die Tränen aus den Augen - »verzeihe mir!«

Er zitterte, seine Brust hob und senkte sich und in dem Antlitz zuckte es konvulsivisch, dann ließ er das Haupt an meine Brust sinken und begann zu weinen, laut, stöhnend, herzzerbrechend...

Der Arzt faßte den Arm des Dieners und führte ihn hinaus. Wir blieben allein.

Ich führte Henryk zum Lehnstuhl, ließ ihn hineinsinken und kniete vor ihm hin.

Er weinte fort, so leidenschaftlich, so fassungslos, wie ich es nie vorher bei einem Manne gesehen.

»O Georg!« vermochte er endlich zu stammeln, »ich bin so unglücklich, so unglücklich...«

»Gewesen!« rief ich. Ich wollte es trostvoll, zuversichtlich rufen und konnte es vor tiefster Bewegung nur hervorstammeln...

Er schüttelte den Kopf.

»Nein!« sagte er. »Das ist eine Krankheit, die nie von mir weichen wird!«

»Mein kluger Henryk!« rief ich und konnte wieder lächeln, »du hast das rechte Wort gefunden, es war eine Krankheit des Blutes oder der Seele – gleichviel! nur eben eine Krankheit. Und solche Krankheiten kann ein rechter Mann überwinden, wenn er will. Versprichst du mir zu wollen – Henryk?«

Er erwiderte nicht, er weinte vor sich hin, und ich störte ihn nicht. Das waren ja keine feigen, selbstquälerischen Tränen, sondern das sanfte, wohltätige Ausklingen einer ungeheuren Erregung – ein milder Regen nach dem Gewitter.

Dann erhob er sich und blickte mich fest und treuherzig an.

»Ich *will*, Georg! Aber ich mute mir nicht die Kraft zu. Denke nur«, fügte er leise hinzu, »ich bin seitdem noch nicht im Salon gewesen, wo...«

Er stockte errötend.

»Dann wollen wir zusammen hingehen!« sagte ich, schob meinen Arm unter den seinen und führte ihn hinaus, den Korridor entlang.

Fedor kam uns entgegen. Als er in das Antlitz seines Herrn blickte und es erregt sah, die Augen glänzend, da beugte der treue Mensch rasch, plötzlich sein Knie und küßte mir, ehe ich es hindern konnte, die Hand.

Arm in Arm traten wir in den Salon, wo Aniula gehaust. Er war in demselben Zustande wie an jenem Abend, den sie da zuletzt verbrachte. Und doch! wie anders erschien er uns heute! Damals hatte das ungewisse Licht der Kerzen und vor allem die Anwesenheit jenes wunderschönen Geschöpfes einen phantastischen Schleier um all die Verwüstung gezogen. Heute, im grellen Tageslichte, trat sie uns nackt, häßlich, anwidernd entgegen.

Schweigend waren wir eingetreten, schweigend blickten wir uns um. Da hing die Madonna mit dem Barte, der Joseph mit der Haube, der zerbrochene Spiegel. Da lagen die zertrümmerten Sessel umher und die Glasscherben. Das Zimmer war offenbar seitdem nicht betreten worden, eine dicke Staubschicht lagerte über allem. Aber es bedurfte ihrer nicht, um dieses Bild tollster, boshaftester Verwüstung abstoßend zu machen...

Ich blickte um mich, rings umher, einmal, zweimal, dreimal. Und dann fiel mein Blick auf den Freund und die Narbe auf seiner Stirne. Und wie ich so schaute und sann, da überkam mich, ich wußte selbst nicht wie, eine ungeheure Lachlust... Um einer tollen, boshaften Dirne willen hatte es Mord und Totschlag gesetzt, Krankheit und Kummer! Das war ja die komischste Tragödie, die es je gegeben! Um dieser Dirne willen! Das war ja zum Lachen! – zum Lachen!

Aber ich bezwang mich aus Rücksicht für den Freund. Ich blickte ihn verstohlen an. Er schaute noch immer schweigend umher, von der bärtigen Madonna zum Joseph mit dem Kopfputz und wieder zurück. Aber auch in seinem Antlitz zuckte es sonderbar. Und als sich unsere Blicke begegneten, da – – – brachen wir beide in ein Lachen aus, laut, lustig, unaufhaltsam, aus tiefstem Herzen.

Und lachend stürzten wir uns in die Arme und hielten uns umschlungen.

»Das war ein böser Traum!« sagte er endlich. »So närrisch und so entsetzlich! So entsetzlich und so närrisch!«

»Er ist zu Ende geträumt!« rief ich fröhlich. »Aber nun – fort!«

»Fort!« wiederholte er. »Noch heute. Ich begleite dich nach Heidelberg und gehe dann weiter, gleichviel wohin!«... Janko packte meine Koffer mit dem fröhlichsten Gesichte.

»Herr!« rief er, »so klug wie ich ist doch kein Mensch auf der Welt. *Ich* habe es Ihnen gesagt, als ich Sie hierher brachte: ›Es ist gut, daß Sie kommen, gegen eine Hexe hilft nur ein Zauberer!‹ Und Sie haben geholfen!«

»Ja«, sagte ich lächelnd, »ich verstehe mein Handwerk!« Und dann blickte ich auf das Lager, wo ich wochenlang mit dem Tode gerungen, und lächelte wieder, wenn auch etwas wehmütig...

Am späten Nachmittag fuhren wir aus, gegen Stanislawow zu. Als wir zu den Zigeunereichen kamen, sank gerade die Sonne, und die Bäume hoben sich scharf und deutlich ab von dem flammenden Himmelsgewölbe. Henryk schaute lange hin. Dann ergriff er meine Hand.

»Ich weiß, wohin ich von Heidelberg weiterreise. An den Züricher See. Dort lebt mein Verwandter, der alte Graf Rymski aus Kongreßpolen, im Exil. Der alte Herr hat ein einziges Wesen, welches den Abend seines Lebens verklärt, aber ich denke, ich werde so grausam sein, ihm dieses Wesen zu rauben. Meine liebe, blonde, stille, schöne Cousine Klara – sie kann keinen Menschen wahnsinnig machen, aber glücklich den, der sie erringt. Was sagst *du dazu?*«

Was *ich* dazu sagte!...

tredition®

Über tredition

Eigenes Buch veröffentlichen

tredition wurde 2006 in Hamburg gegründet und hat seither mehrere tausend Buchtitel veröffentlicht. Autoren veröffentlichen in wenigen leichten Schritten gedruckte Bücher, e-Books und audio-Books. tredition hat das Ziel, die beste und fairste Veröffentlichungsmöglichkeit für Autoren zu bieten.

tredition wurde mit der Erkenntnis gegründet, dass nur etwa jedes 200. bei Verlagen eingereichte Manuskript veröffentlicht wird. Dabei hat jedes Buch seinen Markt, also seine Leser. tredition sorgt dafür, dass für jedes Buch die Leserschaft auch erreicht wird.

Im einzigartigen Literatur-Netzwerk von tredition bieten zahlreiche Literatur-Partner (das sind Lektoren, Übersetzer, Hörbuchsprecher und Illustratoren) ihre Dienstleistung an, um Manuskripte zu verbessern oder die Vielfalt zu erhöhen. Autoren vereinbaren direkt mit den Literatur-Partnern die Konditionen ihrer Zusammenarbeit und partizipieren gemeinsam am Erfolg des Buches.

Das gesamte Verlagsprogramm von tredition ist bei allen stationären Buchhandlungen und Online-Buchhändlern wie z. B. Amazon erhältlich. e-Books stehen bei den führenden Online-Portalen (z. B. iBookstore von Apple oder Kindle von Amazon) zum Verkauf.

Einfach leicht ein Buch veröffentlichen: **www.tredition.de**

Eigene Buchreihe oder eigenen Verlag gründen

Seit 2009 bietet tredition sein Verlagskonzept auch als sogenanntes "White-Label" an. Das bedeutet, dass andere Unternehmen, Institutionen und Personen risikofrei und unkompliziert selbst zum Herausgeber von Büchern und Buchreihen unter eigener Marke werden können. tredition übernimmt dabei das komplette Herstellungs- und Distributionsrisiko.

Zahlreiche Zeitschriften-, Zeitungs- und Buchverlage, Universitäten, Forschungseinrichtungen u.v.m. nutzen diese Dienstleistung von tredition, um unter eigener Marke ohne Risiko Bücher zu verlegen.

Alle Informationen im Internet: **www.tredition.de/fuer-verlage**

tredition wurde mit mehreren Innovationspreisen ausgezeichnet, u. a. mit dem Webfuture Award und dem Innovationspreis der Buch Digitale.

tredition ist Mitglied im Börsenverein des Deutschen Buchhandels.

Dieses Werk elektronisch lesen

Dieses Werk ist Teil der Gutenberg-DE Edition DVD. Diese enthält das komplette Archiv des Projekt Gutenberg-DE. Die DVD ist im Internet erhältlich auf **http://gutenbergshop.abc.de**